Kolofon
©Mathias Jansson (2021)
"Di ångermanländska VIII – Berättelsernas bok."

ISBN: 978-91-86915-55-1

Utgiven av:

"jag behöver inget förlag"
c/o Mathias Jansson
Tvärvägen 23
232 52 Åkarp
http://mathiasjansson72.blogspot.se/

Tryckt: Lulu.com

1

Innehåll

Biblioteket i Habborn

Det var i samband med den stora folkbildningsvågen som svepte över Sverige under 1800-talet som brukspatronen Filodore Bokman fick för sig att donerade ett stort bibliotek, som han ärvt efter sin far, boksamlaren och filologen Fredrik Bokman. Det fanns inga filantropiska anspråk bakom brukspatronens beslut, utan det var ett sätt att i tidens anda förbättra hans rykte som en bildad man, ett rykte som han verkligen behövde förbättra. Det flesta hade hittills förknippat namnet Filodore Bokman med jakt, fruntimmer och spritfester. I ärlighetens namn tyckte Filodore att biblioteket tog en hiskeligt stor plats och utrymmet bättre kunde användas till ett biljardrum med punchbar. Sålunda beslöt brukspatronen att hela biblioteket skulle doneras till den lilla byn Habborn i Kramfors socknen.

Varför det blev just Habborn är omdiskuterat. En levnadstecknare hävdar att brukspatronen helt enkelt blundade och satte en knappnål på en karta och det slumpade sig inte bättre än att det blev Habborn. En annan levnadstecknare menar att det var ett missförstånd, som uppkom på grund av brukspatronens breda dialekt och ett talfel. Tanken var att biblioteket skulle skänkas till residensstaden Härnösand där fadern hade studerat som ung, men hans bokhållare, som upprättade donationsdokumenten tycket det lät som Habborn när Filodore något berusad och otydligt förklarade syftet med sin generösa donation. För Fllodore kvittade det lika var böckerna hamnade. Huvudsaken var att han blev av med dem och kunde börja bygga sitt nya biljardrum i herrgården.

Hur som helst så blev bönderna i Habborn mäkta förvånade när de en sensommardag fick se en lång karavan med vagnar dragna av hästar som kom farande på den lilla grusvägen in till byn. Sammanlagt innefattade donationen 25 000 böcker som fick inhysas i en tom ladugård som snabbt ställdes om till bibliotek. Den 8 augusti 1882 invigdes donationen under pompa och ståt i närvaro av biskopen, häradshövdingen och Filodore Bokman själv. En bronsplakett förkunnade högtidligt att biblioteket donerats till de enkla innevånarna i Habborn av den givmilde folkbildaren brukspatron Filodore Bokman. Efter invigningen påbörjade man rekryteringen av en bibliotekarie med uppgift att förvalta och katalogisera bokbeståndet. I statuterna till donationen fanns nämligen ett krav att en bibliotekarie skulle rekryteras och han måste vara född och bosatt på orten, något som visade vara lättare sagt än gjort.

Byns äldste kallade därför bönderna i trakten till ett rådslag i det nyinvigda biblioteket. Det var en gles och motvillig skara som dök upp framåt kvällen. Habbornsborna var ovana vid en sådan litterär miljö som ett bibliotek. De var mer vana vid simpla göromål som jakt, kalvning och skogshuggning. De påminde på så vis mer om Filodore Bokman än hans belästa far Fredrik Bokman. Byäldsten upprepade gång på gång sin fråga till de församlade bönderna: Fanns det någon som ville åta sig det hedervärda uppdraget att ta hand om byns nya bibliotek? Det var bra betalt förklarade den äldste, för i donationen ingick nämligen en ansenlig summa att utbetalas som lön till en bibliotekarie under lång tid framöver. Men det var något skrämmande med alla dessa böcker som omgav deltagarna och alla skruvade på sig inför tanken att behöva handskas med dessa underliga tingester. Ingen hade heller riktigt tid eller lust att hålla på med böcker när kor skulle mjölkas, höet hässjas och timret i skogen skulle tas omhand.

Kniv-Johan som bodde i en koja i skogen och som var byns enstöring hade också lockats till ladugården, den som nu plötsligt hade börjat kallas för biblioteket, eftersom han hört att det skulle bjudas på kaffe med dopp efteråt. Han satt försjunken och täljde på en enbärsgren som skulle bli en smörkniv när en envis fluga surrade omkring hans huvud. Trots ivrigt viftande ville flugan inte ge sig av. Till slut tröt tålamodet hos Kniv-Johan och han reste sig hastigt upp från bänken och viftade vilt med armarna och utstötte till allas förvåning ett högt Arrgh! Kniv-Johan? utbrast den äldste irriterat, men fann sig snart i situationen och insåg att här hade en lösning på problemet plötsligt uppenbarat sig. Byäldsten förkunnade snabbt för de församlade att Kniv-Johan hade som alla hört med ett ljudligt "Ja!" tagit på sig den stora uppgiften att förvalta byns nya bibliotek. Kan vi besluta om det frågade byäldsten de församlande och möttes genast av ett rungande och lättat JA! till svar. Kniv-Johan stod frågande kvar i ladugården medan de andra raskt traskade hem till sitt. Han kunde inte riktigt förstå vad som hade hänt. Skulle det bli något kaffe med dopp eller?

Så berättas det om när Kniv-Johan blev bibliotekarie för en av Ångermanlands, ja kanske en av Sveriges, största och mest betydelsefulla boksamlingar. Det fanns nu bara ett problem. Kniv-Johan kunde varken läsa eller skriva. Han hade aldrig gått i skolan och om hans bildning fanns det en hel del att orda om, eller rättar sagt så fanns det inte så mycket att säga, då den saknades helt. Missförstå mig inte nu, Kniv-Johan var ingen dumskalle, han var en duktig skogsmänniska, som kunde namnet på hundratals växter och djur och deras användningsområden, och hans färdigheter i jakt, fisk och träslöjd beundrades av många, men de färdigheter som definierar en kunnig bibliotekarie, som att läsa, skriva och katalogisera böcker i bokstavsordning och efter ämne saknade han helt.

Till hans försvar kan man hävda att även om han hade haft grundläggande utbildning och kunskaper i läsning och skrivning så skulle det knappast ha hjälpt så mycket i det här fallet. Donationen var nämligen efter en framstående lärd filolog och de flesta av böckerna var därför skrivna på latin, hebreiska, gammalgrekiska, forntyska, spanska, ryska, persiska och andra språk. Att veta om Hermann Klingermanns uppslagsverk i fyra halvfranska band över forntyska verb skulle stå bredvid Anthony Glücks två volymer om bisatsanvändningen i östra Bayern eller om det helt enkelt borde stå bredvid Hinkel von Spetz epokgörande kartläggning av medeltida diftonger i Bremen, är inte helt enkelt att avgöra ens för en bildad människa och ännu mindre för en illitterat.

Kniv-Johan kände sig ganska moloken när han dagen efter tvingades flytta från sin enkla koja i skogen upp till loftet på ladugården som hade gjorts om till en enkel tjänstebostad.

Men när han insåg att det i den nya tjänsten ingick kaffe med dopp varje dag som en tjänsteförmån, så förlikade han sig snabbt med sitt nya öde och tog med största entusiasm sig an hedersuppdraget som bibliotekarie. Han började genast med att snickra ihop ett antal hyllor för att sedan kunna ställa upp böckerna som låg prydligt packade i trälårar längs väggarna. Han räknade ut att om det var 25 000 böcker och varje bokhylla kunde bära 200 volymer så behövde han snickra ihop 125 bokhyllor. Att göra en bokhylla om dagen borde inte vara några problem så om några månader borde jag vara klar med hyllorna tänkte Kniv-Johan.

När hyllorna var klara började Kniv-Johan med det gedigna arbetet att packa upp böckerna ur trälårarna och ställa dem på hyllorna, men i vilken ordning skulle de stå? Han kunde ju inte läsa på ryggarna och därefter ordna böckerna efter ämnesområden och sedan inom varje ämne ordna böckerna alfabetiskt efter författare eller redaktör som brukligt är på ett bibliotek. Hans något oortodoxa lösning blev att istället utgå från själva boken. Kniv-Johan tog boken i handen. Vägde den noga och granskade ryggen och bindningen. Han kände med fingret längs utsidan, noterade hur färgen skiftade i ljuset och i vilken riktning ådringen i lädret låg. Sedan sorterade han in böckerna i hyllorna efter färg, storlek, tjocklek och textur.

När Kniv-Johan efter ytterligare några månader hade sorterat in alla böckerna på hyllorna kunde den som vandrade längs gångarna uppleva en märklig synvilla. Det var som om böckerna blev levande och bokryggarna böljade som ett sädesfält runt besökaren eller som björkkvistar som rör sig i den ljumma sommarvinden. Nu ska det kanske tilläggas att några besökare inte direkt dök upp i biblioteket. Bönderna hade fullt upp med sina vardagssysslor och byäldsten nöjde sig med att kika in genom ladugårdsdörren då och då. Han kunde nöjt konstatera att bokhyllor snickrades och böcker packades upp, mer kunde man inte begära av en bibliotekarie tänkte han.

Man kunde förstås tro att en sådan generös donation skulle få stor uppmärksamhet i pressen och locka många besökare från när och fjärran till biblioteket i Habborn, och det skulle det säkert också ha gjort, om det inte vore för att Filodore Bokman genast hade satt igång med att bygga sitt älskade biljardrum med tillhörande punchbar och strax därefter ordnade en sjuhelvetets invigningsfest som olyckligtvis resulterade i att hela herrgården brann ner och 8 av gästerna brann inne. Den katastrofala skandalen upptog tidningarnas första sidor de närmaste veckorna och biblioteket och donationen föll därför snabbt i glömska hos allmänheten.

När Kniv-Johan hade satt upp alla böckerna på hyllorna såg han på allt han hade åstadkommit det senaste halvåret och konstaterat precis som i Bibeln att det var ett gott dagsverke. Nu kunde Kniv-Johan ha tagit det lugnt och ägnat sig åt jakt och fiske resten av tiden. Han tjänster behövdes egentligen inte mer i biblioteket eftersom ingen kom på besök eller ville låna några böcker, men Kniv-Johan var en samvetsgrann och plikttrogen människa. Istället för att bege sig ut i skogen och jaga fortsatte han med att inreda biblioteket. Först tillverkade han olika bokstöd i form av älgar, björnar, bävrar, lodjur, rådjur, tjädrar, ekorrar, möss och många andra av skogens djur. Sedan började han måla kortsidorna av bokhyllorna med motiv från skogen. Det kunde vara en berghäll med grön fuktig mossa; eller en höstmyr med gyllene hjortron; en skogstjärn som blänkte till bakom några tallar; eller ett kalhygge där det växte lingon mellan stubbarna; en skogsglänta med gyllene kantareller; eller en myllrande myrstack med några rödvita flugsvampar i förgrunden. Ja, när man gick in i biblioteket blandades doften av nyhyvlade furuhyllor och kåda med den något unkna doften av gamla böcker som påminde besökaren om multnade löv och fuktig jord. Vilket gjorde att man fick en känsla av att man vandrade omkring i en uråldrig skog fylld av böcker.

Det var på sensommaren året efter invigningen som den kända folklivsforskaren Hubertus Broman kom cyklande förbi Habborn. Dagen var varm och Hubertus stannade därför till ett kort ögonblick för att svalka sig i skuggan av en ladugårdsvägg och torka svetten ur pannan. Det var då hans känsliga näsa uppfattade en bekant doft. Det luktade kalvskinn. Det kan ju verka rimligt vid en ladugård, men det var inte frågan om doften från levande boskap utan en förädlad doft med inslag av garvning och beredning. Doften av läder blandades med en annan välbekant doft bestående av damm, lim och bläck, som fick Hubertus att dra slutsatsen, att det luktade gamla böcker. Vad märkligt tänkte Hubertus och reste sig upp. En boksamling med gamla böcker här ute i ingenstans. Det måste undersökas närmare. Så han gick runt ladugårdsknuten och fann ingången, och som ni säkert redan har gissat, var den byggnad han inträdde i, den som sedan ett år tillbaka benämndes biblioteket av byborna. Hubertus blev stående som slagen av blixten vid ingången. Framför honom utbredde sig ett hav av bokhyllor fyllde med gamla böcker. Som ett barn småsprang han upprymd fram till den närmaste hyllan och började genast undersöka den. Det svindlade framför ögonen på honom när han tog ut den första boken ur samlingen. Det var en tysk utgåva av *Des Sophokles Antigone, griechisch und deutsch,* Herausg. von August Böckh. utgiven 1843. Nästa volym visade sig vara ännu mer sensationellt och handen darrade när han på försättsbladet läste: *Plutarchos Vitae illustrium virorum* utgiven 1491 i Venedig och bredvid Plutarchs stod Johann Winckelmanns bok Gedancken über die Nachahmung der griechischen Wercke in der Mahlerey und Bildhauer-Kunst utgiven i Dresden 1756. Men vad märkligt tänkte Hubertus. Dramatik, historia och konstvetenskap på samma hylla. Vad är det för märkligt klassificeringssystem man har använt sig av här? Hans tankar avbröts av ett par träskor som kom klampande ner för gången på det hårda ladugårdsgolvet. Hubertus såg upp. Framför honom stod en ovårdad typ. Smutsig med stripigt hår och långt tovigt skägg, klädd i trasiga byxor och skjorta, och på fötterna grova träskor.

-Ursäkta, vet ni möjligen vem som har hand om det här fantastiska biblioteket? frågade Hubertus den ovårdade mannen.

-Det gör jag.

-Ni?! Hubertus ryggade förvånat tillbaka. Men säg mig då för guds skull vilket klassificeringssystem ni har använt? Jag blir inte riktigt klok på det. Är det möjligen en variant av

Hüberman-Selmans system som bygger vidare på överbibliotekarie Schwartztürs system från Hünheklostrets medeltida bibliotek eller har ni använt er av Atxaga-Rejano, de kungliga hovbibliotekarierna i Madrid som byggde upp sitt system kring planeternas rörelser eller kan det vara något av de nya moderna systemen som det som Johnson & Johnson nyligen introducerade i Amerika?

-Klass...vad då?

-Klassificeringssystem. Hur har ni sorterat böckerna människa!

-Efter timmer.

-Timmer? Jag förstår inte. Förklara genast hur ni menar karl!

- Jo, när man avverkar träd i skogen så sorteras timret efter kvalité baserad på täthet, färg och storlek. Jag sorterade böckerna på samma sätt på hyllorna.

-Men hur ska någon kunna hitta något efter ett sådant befängt system? Ni måste ju först läsa i böckerna och sedan sortera in dem efter ämne och sedan efter författarens namn.

- Men jag kan ju inte läsa.

- Inte läsa! Hur kan ni då vara bibliotekarie och ta hand om den här värdefulla boksamlingen?

-Ja, men de sa ju att jag skulle vara bibliotekarie.

- Det förstår väl var och en att man inte kan vara bibliotekarie om man inte kan läsa. Hubertus kände hur han började elda upp sig när han till fullo insåg att en ovärderlig boksamling hade lämnats i händerna på en illitterat luffare från skogen och den stackars Kniv-Johan krympte mer och mer inför den akademiska föreläsning som Hubertus började hålla om böcker, klassificeringssystem, bokvård och kulturarv.

Det var då det hände. En av dessa slumpartade och besynnerliga händelser som då och då inträffar i livet och får historien att ta en oväntad vändning. Två svalor som byggt bo i ladugården, förlåt mig, jag menar naturligtvis i bibliotekets takstolar, kastade sig djärvt ner från taket och kom flygande genom gångarna mellan bokhyllorna. I ögonvrån såg Hubertus något som rörde sig och han vände blicken och fångades av svalornas graciösa flykt genom bokvärlden och han upptäckte då det märkliga med detta bibliotek, att det verkade levade. Det var nästan som en religiös uppenbarelse när böckerna började bölja framför hans syn och han översköljdes av en märklig känsla att befinna sig i en stor skog fylld med dofter, ljud och synintryck. Det var plötsligt som en fördämning brast inom honom och han översköljdes av idéer och tankar, av fantasier och kreativitet. Det var som bibliotekets alla böcker plötsligt började viska, prata och berätta sina historier för honom. Han stod som förstummad och överväldigad av denna magiska upplevelse.

-Ja, de talar till en, böckerna. Jag kan visserligen inte läsa, men när jag vandrar omkring här i skymningen bland bokhyllorna är det som om de viskar och visar sina hemligheter för mig förklarade Kniv-Johan. Kung Oidipus som ser men ändå är så blind för vad som händer runt omkring honom. Don Quijote som strider så tappert mot monstren med viftande vingar och Dr Livingstone som oförskräckt resor in i den okända kontinenten.

-Ja, jag hör också hur böckerna talar till mig. Vilket märkligt fenomen. Hubertus tog ett steg tillbaka från bokhyllan där han hade stått och såg plötsligt med nya ögon på biblioteket. Han såg hur böckerna var ordnade. Hur lädrets färger, deras ådringar och struktur följde på varandra. Hur varje bok, som en perfekt pusselbit, var inplacerad på bokhyllan. Framför honom framträdde ett fantastiskt mönster och ett system som var så genomtänkt och systematiskt att överbibliotekarien vid Nationalbiblioteket i Prag skulle blivit grön av avund om han sett det. Hubertus såg också de fint skurna bokstöden av skogens djur. Hur de liksom smög sig fram i bokhyllorna och han kunde svära på att en björn följde honom med blicken och en älg skyggt kröp in bakom några böcker när han tittade bort mot bokhyllan där den stod. Han såg sedan målningarna på kortsidan och det var som om han kunde höra vattnet som porlade fram i bäcken, grantopparna som rörde sig i vinden och myrorna som myllrade i stacken. Målningarna var så detaljrika och naturtrogna att de verkade levande. När den tyska filosofen K. F. E. Trahndorff skrev om i *Gesamtkunstwerk* – allkonstverket så måste det ha varit det här biblioteket som han åsyftade på tänkte Hubertus. Hela biblioteket var som ett enda levande konstverk. Varje detalj var utsökt och genomtänkt. Det var en helhet av under.

Resten av dagen vandrade Hubertus omkring i det märkliga biblioteket. Han såg fantastiska och sällsynta böcker på hyllorna som han gärna hade velat ta ut från hyllan och börja läsa på en gång, men varje gång han sträckte fram handen efter boken, hejdade han sig, medveten om att illusionen och magin skulle försvinna. Bibliotekets röster skulle tystna så fort boken avlägsnades ur bokhyllan och den perfekta balansen rubbades.

Därför nöjde han sig med att långsamt flanera gång upp och gång ner och läsa på ryggarna och ibland dra med pekfingret längs böckernas ryggar och känna hur texturen förändrades under hans finger. Det var som en osynlig skrift som fingret registrerade på bokryggarna.

När det började skymma tackade Hubertus Kniv-Johan för besöket och började cykla hem över. Vilket fantastiskt bibliotek. Vilken fantastisk bokskatt tänkte han medan han trampade hemåt på den smala grusvägen. Jag måste genast berätta för mina vänner om detta fantastiska underverk när jag kommer hem. Men allt eftersom mörkret sänkte sig över skogen började hans tankar att vandra och glädjen över det nyfunna biblioteket förbyttes i en sorg. Om jag avslöjar denna bokskatt för mina vänner och mina kollegor då kommer det inte dröja länge innan Habborn svämmas över av nyfikna forskare, akademiker och andra lärde från när och fjärran tänkte han. Och då dröjer det nog inte länge innan olika universitet, bibliotek och samlare börja kämpa om att få ta hand om de sällsynta böckerna. Biblioteket skulle kanske skingras över hela världen eller i bästa fall behållas intakt och en ny kunnig bibliotekarie skulle anställas för att vakta över de dyra böckerna. Det unika systemet byggt på timmer skulle då genast bytas ut mot ett godkänt modernt klassificeringssystem med tillhörande kartotek. Hubertus bara visste att så snart en enda bok i biblioteket flyttades eller bytte plats skulle magin vara bruten. Biblioteket skulle inte längre vara levande och böckerna skulle inte längre tala till sina besökare. Det skulle bara bli ännu ett vanligt bibliotek med böcker, ett bland många

14

andra som han besökt på olika platser runt om i världen. Nej, biblioteket i Habborn måste förbli en välbevarad hemlighet för all framtid. Det får bli min egen privata hemlighet konstaterade han. När han sent på kvällen såg ljusen från Kramfors centrum, stannade han till med cykeln en stund. Han längtade redan tillbaka till sitt nästa besök till det märkliga biblioteket i Habborn.

Poesimaskinen

Redan som barn drabbades Robert Broman av poesin. Ja, långt innan han kunde skriva började han skapa egna diktböcker. Han plockade barr, löv, bark, stickor och andra föremål från trädgården som han sedan, till föräldrarnas förtret, la in i olika böcker som han hittade i deras bibliotek och gick sedan stolt omkring i huset med sin nya diktsamling under armen. När han blev äldre och började i skolan började han experimentera med andra sätt för att fånga upp naturens poesi. Han brukade binda fast papper och pennor i trädens grenar så att när det blåste skrev trädens grenar poesi på pappren. Han byggde skovelhjul i bäcken som var kopplade till penna och papper, så att bäckens vatten kunde skriva ner sina dikter. Han la ut blanka papper på myrstigarna och omringade pappret med stämpeldynor så att myrorna kunde skrivna ner sina verser med myrsteg. Han brukade också kalkylera av barken på träden i skogen för att fånga upp några av trädens strofer och på vintern lägga ut stora sotiga ark i snön nedanför fågelbordet och sedan lägga fågelfrö på pappren och låta fåglarna gå omkring och skriva sina dikter. Han samlade sedan ihop alla sina dikter och band ihop dem med hjälp av björntråd till diktsamlingar.

Men han kände sig inte riktigt nöjd. Han hade visserligen samlat in skogen och naturens poesi, men han kunde inte tolka eller förstå den. Skogens poetiska skrifter var fortfarande ett mysterium för honom. När han blev äldre läste han om hur doktor Frankenstein använde sig av blixten för att väcka liv i naturen och om Galvanis elektriska experiment på grodor och tänkte att det är nog de elektriska strömmarna som genomsyrar allt i naturen och gör den levande. Om jag på något sätt kunde fånga upp naturens elektriska signaler och sedan översätta dem till mänskligt språk då skulle jag äntligen får höra naturens poetiska röst tänkte han. Han började därför bygga en apparat för att registrera elektriska signaler. Han hittade en gammal radio som han byggde om och kopplade sedan ihop den med en fonograf för att kunna spela in ljudet som radion fångade upp på de mjuka vaxrullarna. Det tog honom hela sommarlovet att bygga klar maskinen.

Nu gällde det bara att hitta rätt plats för inspelningen tänkte Robert. Det skulle vara en isolerad plats där det inte fanns så många andra störande ljud och där det helst stod ett gammalt träd där den elektriska impulsen under hundra år hade byggts upp och blivit stark. Han började söka igenom skogarna och hittade till slut rätt plats. Det var en avskild skogsglänta, med mjuk mossa på marken, en stilla bäck rann i bakgrunden och en stor uråldrig gran reste sig i ensam majestät i gläntan. Han gissade att granen nog var minst hundra år gammal. Det var den perfekta platsen att prova uppfinningen på. Han riggade upp sin utrustning och kopplade ihop apparaten med trädet och började sedan inspelning. Han spelade in tre rullar innan han kände sig nöjd.

Han plockade sedan ihop sin utrustning och cyklade ivrigt hem för att lyssna på inspelningen som han hade gjort. Ur tratten tyckte han sig höra en svag röst blandat med knaster och brus. Han sökte igenom huset och på vinden hittade han en gammal förstärkare och ett par högtalare som gjorde att han kunde

17

förstärka ljudet och när han skruvade upp ljudet på max kunde han slutligen höra vad rösten sa. Till hans förvåning hörde han tydligt ord som:

Stå, grå, stå, grå, stå, grå och grönt, gott, friskt, skönt, vått.

Det var något familjärt med de där orden. Han var säker på att han hade hört dem förut och gick därför på jakt i föräldrarnas bokhyllor efter ett svar. Det dröjde inte länge innan han kom ihåg var han läst dem. Han tog ut Gustav Frödings "Samlade dikter" och slog upp sidan 600. Där fanns orden svart på vitt. Det var en del av dikterna i "Mattoidens sånger" som poeten Fröding skrev i slutet av sin levnad.

Vad märkligt tänkte han? Kunde det vara så att Fröding också hade kommit på samma idé som han och lyckats uppfunnit en apparat för att kunna lyssna på skogens poesi och sedan skrivit ner den? Robert lyssnade om och igen på inspelningen när hans farbror Helge Broman råkade passera hans rum och stannade till.

-Vad är det där för inspelning? Jag känner igen rösten utbrast han förvånat.

Robert förklarade ivrigt för sin farbror hur han hade byggt sin poesimaskin och hur den hade spelat in och översatt naturens elektriska impulser till poesi.

-Var sa du att du hade spelat in det här? undrade hans farbror.

Robert berättade detaljerat hur han hade hittat gläntan i skogen med den mjuka mossan, den lilla bäcken och den gamla granen.

Hans farbror såg på honom och sa allvarligt.

- Jag känner igen rösten. Den tillhör Jonte med cykeln. Du vet han som brukar cykla runt i bygden och deklamera sin egen poesi för var och en. Han har alltid med sig ett exemplar av Gustavs Frödings samlade dikter på pakethållaren och han brukar alltid stanna till där uppe i skogen på precis den plats som du beskrev och sitta vid det där trädet och läsa Fröding högt för skogens alla växter och djur. Just "Mattoidens sånger" är förresten Jontes favoriter. Jag vet inte hur det har gått till men på något sätt verkar hans röst ha lagrats i trädets årsringar eller i barken och du har på något sätt lyckats spela in den med din makalösa apparat. Vilken fantastisk uppfinning du har kommit på.

Men Robert såg mest besviken på sin farbrors entusiasm. För det var ju inte skogens poesi han hade lyckats spela in utan Gustav Frödings.

Skrivmaskinen

Den årliga sommarauktionen på Sandslån hade som vanligt dragit mycket folk. Förutsättningarna var i år dessutom de bästa. Solen sken från en klarblå himmel och auktionsförrättaren hade under vintern kommit över några stora dödsbon och gårdsplanen var därför fylld med lådor med böcker, tavlor, husgeråd, möbler, serviser, textiler och jordbruksredskap. Bara namnet på ägarna till dödsbona hade fått folk av ren nyfikenhet att ta sig till auktionen för att se hur en sådan herre eller dam hade haft det hemma hos sig. Redan tidigt på morgonen hade människorna börjat samlats. De kom gående eller cyklande, några kom med bil och några hade tagit båten över älven och båtarna låg nu uppradade längs kajen. Det hela hade alla förutsättningar att bli en riktig folkfest.

Sedan fanns de som kommit till auktionen i mer seriösa syften, som boksamlaren Robert Broman. Han hade läst annonsen i tidningen och insett att det under dagen skulle auktioneras ut en hel del intressanta böcker som han kunde lägga till i sin egen samling. Han gick nu och svettades i värmen och trängdes bland alla de andra nyfikna. Han kryssade sig fram bland besökare och serviser, gungstolar, sekretärer, fåtöljer, tavlor, lampor och bestick. Då och då dök han ner i en boklår och undersökte med van hand innehållet. Granskade böckerna i bindningen, läste noga på försättsbladet om tryckår och ort och bedömde kunnigt hur mycket boken kunde vara värd och vad han var villig att betala. Han hittade också några böcker som han tyckte var extra intresseranta som en signerad förstautgåva av Elsa Söderbergs diktsamling *Min längtan* och ett sällsynt exemplar av Olle Nyströms *Det stora arbetet*. Han hittade också flera volymer med norrländska författare som han samlade på som Birger Norman, Pelle Molin, Ludvig Norström med flera som han tänkte buda på.

Han passerade längs vägen några tavlor och noterade att det också skulle auktioneras ut några tavlor av Emil Byman föreställande en älg vid en tjärn. Nu hade han redan en tavla av Byman på väggen hemma och eftersom konstnären inte var känd för att variera sitt motiv så tyckte Robert att det fick räcka med en tavla av Byman. Byman var dessutom en produktiv konstnär. Han lär ha målat över 500 älgtavlor så marknaden var mättad och priserna låga. Alla uppskattade inte heller konstnärens naiva, ja, rent sagt barnsliga teknik, utan de flesta besökarna sökte efter en mer realistisk och anatomisk korrekt älg som de kunde hänga på väggen i gillestugan eller i sommarstugan.

När klockan började närma sig tio förberedde man sig för att börja auktionen. Auktionsförrättaren en gammal herre i 70 årsåldern med grått skägg, runda glasögon, klädd i keps och väst började plocka fram och ropa ut föremålen. Han avslutade varje utbud med att klubba sista budet mot sin träkäpp. Det gick bra för Robert under auktionen. Han lyckades ropa in de böcker som han var intresserad av till de priser som han hade tänkt sig, ibland även billigare. Det var bara den signerade diktsamlingen av Elsa Söderberg som drog iväg i pris, men inte värre än att han tyckte det var väl värt varje krona han fick betala. Vid tvåtiden började man runda av auktionen och eftersom Robert kände sig nöjd började han packa ihop sina böcker och tänkte börja leta reda på sin bil, var han nu hade parkerat den. Han hade precis börjat gå mot parkeringen då han hörde hur auktionsförrättaren utbrast bakom honom:

-En grön Halda skrivmaskin. I bra skick. Kan jag få ett bud? 20 kronor någon?

Robert vände sig om och såg på skrivmaskinen som man visade upp. Den blänkte till i solen och han kom ihåg ett minne från sin ungdom då han hade börjat sin karriär som författare på en grön Halda som han fått i födelsedagspresent av sin far. Det var detta nostalgiska minne som fick honom att vifta till med handen.

-Vi har 20 kronor från herrn där borta. Några fler bud? Inte, då går den för 20 kronor. Första, andra och tredje.

Robert gick fram och betalade skrivmaskinen. Det var inte så olik den som han själv hade haft i sin ungdom men den var betydligt tyngre än vad han kunde komma ihåg. Han blev tvingen att bära den med bägge händerna bort till bilen där han placerade den på passagersätet innan han packade in böckerna han hade köpt under dagen i kofferten och påbörjade därefter färden hemåt.

Väl hemma packade han genast upp böckerna han hade köpt på auktionen. Han gick igenom dem, registrerade dem i sin liggare med pris och kvalité och placerade sedan in dem på rätt plats i den stora boksamlingen som han ägde. När han var klar lyfte han upp skrivmaskinen och ställde den på skrivbordet och satte sig ner på stolen. Han undrade om den verkligen fungerade eller om det bara vara skrot han hade köpt? Han matade in ett nytt papper i maskinen och skrev Hej. Han vred upp pappret och läste fqn. Jag måste ha tryckt fel tänkte Robert och gjorde ett nytt försök. Han tittade noga på tangenterna och tryckte långsamt ner bokstäverna h-e-j och läste sedan på pappret yhf. Han förstod inte hur det kunde bli fel igen. Han hade ju tittat på varje tangent han hade tryckt ner. Han tryckte ner tangenten a tio gånger i rad och läste på pappret tio helt slumpmässiga bokstäver. Den måste vara trasig tänkte han. Men vad kan felet vara? Han gick och hämtade en skruvmejsel och skruvade ut skruvarna som höll fast höljet och lyfte sedan försiktigt av det. Istället för de vanliga metallarmarna där typerna brukar var fästa i tangenterna fann han ett virrvarr av kugghjul och rotorer under höljet. Han hade aldrig sett något liknande. Var det verkligen en skrivmaskin han hade köpt?

Han funderade en stund och beslöt sig sedan för att slå en signal till auktionsförrättaren som var en gammal bekant och fråga om han visste något mer om skrivmaskinen. Efter några signaler svarade auktionsförrättaren och Robert framförde sitt ärende och frågade om han kunde säga något om skrivmaskinen som han hade ropat in.

-Skrivmaskinen? Ja, den kom med i sista stunden. Han som lämnade in den påstod att han hade hittat den på ett skrotupplag och att den skulle ha tillhört Yngve Gustavsson.

-Yngve Gustavsson?

-Ja du vet författaren.

-Ja, jag vet vem du menar.

-Hurså är det något fel på skrivmaskinen?

-Fel?

-Ja, du vet väl att sakerna säljs i befintligt skick. Du kan inte lämna tillbaka den om den är trasig.

-Nej, nej, det är inget fel på den. Jag var bara nyfiken om du visste något mer om den. Tack ska du ha för informationen. Vi hörs.

Robert la på telefonluren. Yngve Gustavsson, den kända bastupoeten. Han som stängde in sig ensam och naken i sin bastu med sin skrivmaskin och eldade, drack brännvin och skrev och skrev. När han efter flera timmar kom ut var han alldeles slut och nästan redlös, men vilken poesi det blev. Vissa hävdade att han måste sålt sin själ till djävulen för inte kan en normal människa skriva så skönklingande poesi full i en bastu? Yngve hade nu varit död i några år men Robert mindes att Yngve som ung betraktades som en skicklig mekaniker och uppfinnare. Under andra världskriget hade han frivilligt åkt över till England för att bistå de allierade och slås mot tyskarna. Han hade gjort en vända till Frankrike för att strida mot tyskarna, men blivit fast som så många andra vid Dunkirk och trott att han sista dagar var komna, men blev slutligen räddad tillsammans med de andra soldaterna av en armada av frivilliga båtar och förd i säkerhet över den engelska kanalen. Upplevelsen hade satt sina spår och han hade efteråt blivit omplacerad till en annan tjänst, men han vägrade alltid berätta vad det var han hade gjort resten av kriget. Det är topphemligt svarade han alltid om man frågade, men någon gång på fyllan och villan hade han nämnt något om den jävla tyska skrivmaskinen, men det var inget som riktig förstod vad en skrivmaskin hade med kriget att göra.

24

Robert gick tillbaka till den gröna Haldan och tittade närmare på innandömet med den konstiga mekaniken och tyckte nu att han det fanns något bekant med alla dessa hjul och rotorer. Han tog fram några historieböcker om andra världskriget ur bokhyllan och började bläddra och hittade snart vad han sökte. Enigma - tyskarnas krypteringsmaskin som gjorde livet surt för engelsmännen innan de lyckades knäcka deras koder. Det fanns en del likheter mellan skrivmaskinen på hans skrivbord och fotografiet av Enigman i boken, men om nu Yngve byggt en krypteringsmaskin hur använde han den? För alla hade sett pappren han hade skrivit sina dikter på när han kom ut från bastun. De var prydliga utskrifter på ren svenska och ingen kodad rappakalja som blev när man skrev på den här maskinen. Kunde det verkligen vara samma maskin?

Robert hade visserligen läst en hel del om hur schamaner och nåjder brukade stänga in sig i bastutält och under inflytande av olika substanser motta budskap från andarna som de sedan tolkade. Tänk om det var något liknande här? Att Yngve trodde att han mottog kodade budskap från andevärlden som han sedan avkodade på sin krypteringsskrivmaskin? Det var i alla fall en spännande tes och en tes ska man ju som bekant prova experimentellt. Jag får nog använda mig själv som försöksperson tänkte Robert.

Han gick ut på gården och började elda upp bastun och gick sedan in i huset efter skrivmaskinen och en flaska brännvin. När bastun blev tillräckligt varm klädde han av sig och kröp in i värmen och satte sig högst upp på bastulaven med skrivmaskinen i knäet laddat med ett tomt papper och ställde

25

brännvinsflaskan bredvid sig. Han tog några klunkar ur flaskan och kände hur värmen steg i kroppen. När halva flaska var urdrucken och det var riktigt varmt i bastun kände han hur han svettades rejält och pulsen ökade och hur det började flimra framför ögonen. Det är nu eller aldrig det gäller tänkte han. Sitter jag längre till kommer jag att svimma av värmeslag. Han slappnade av och lät fingrarna automatiskt trycka ner tangenterna på måfå. Efter några minuter gav han upp. Han kände sig illamående av spriten och värmen och stapplade ut i friska luften. När han kom in huset blev han tvungen att lägga sig ner på soffan för att återhämta sig. I handen höll han pappret som suttit i skrivmaskinen. Han stirrade på pappret men ögonen hade från början svårt att fästa blicken på texten, men efter ett tag stabiliserade sig synen och han kunde häpet läsa vad han hade skrivit "Ge helvete i min skrivmaskin din amatörpoet! Mvh Bastupoeten Yngve Gustavsson". Den gröna Halda skrivmaskinen fick i fortsättningen stå orörd i bokhyllan. Det var tydligt att han inte var ämnad för att skapa fantastisk poesi på den här skrivmaskinen.

Berättelsernas bok

Helge Broman la försiktigt ner boken på sitt skrivbord. Bok, ja många skulle nog säga att det snarare var en ask än en bok. Det var en vackert utskuren ask i masurbjörk med gångjärn och låskläpp. Till storleken var den stor som ett A4-papper och några centimeter hög. På locket var det fint utskuret och bränt med snirkliga, men något naiva bokstäver "Berättelserna bok". Längts ner i högra hörnet fanns de två initialerna KJ inristade. Bland alla sällsynta och unika böcker som Helge hade samlat på sig under livet, så var den här boken den märkligaste av dem alla i samlingen.

När man öppnade locket låg där 13 stycken fina pappersark på botten av asken. Varje pappersark var fyllt med bokstäver, som någon tålmodigt och fingerfärdigt hade skurit ut från olika böcker. Den som tittade närmare på bokstäverna märkte snart att det fanns bokstäver på många olika språk som franska, tyska, ryska, hebreiska och grekiska. Bokstäverna var sedan klistrade i prydliga och täta rader på pappren. Och den som verkligen tog sig tid att räkna alla bokstäverna skulle komma fram till summan 25 000 stycken. Försökte man däremot att läsa texten märkte man snart att det bara var ett virrvarr av slumpmässiga bokstäver utan någon som helst betydelse.

Det märkliga eller rent ut sagt magiska med denna bok var vad som hände om du sedan stängde locket vände, vred och skakade lite på asken och sedan öppnade den igen. När du öppnade locket så märkte du att bokstäverna på pappren som genom ett trolleri hade bytt plats och de nu bildade ord och

27

meningar, ja framför dig låg 13 fullskrivna ark med en unik berättelse. Men om du sedan bara råkade stänga locket och snabbt insåg ditt misstag och öppnade det igen, så skulle du nu finna samma 13 ark fulla med slumpmässiga bokstäver som du sett från början. Men om du än en gång stängde locket, vände, vred och skakade lätt på asken och öppnade den igen skulle du finna en ny berättelse skriven på de 13 pappersarken framför dig. Asken var som ett kalejdoskop där du kunde skaka fram nya berättelser ur en aldrig sinad källa.

Det var som om asken också kunde känna på sig vem som höll och vred på den, för berättelserna som du fick läsa var alltid berättelser som på något sätt kände igen dig i och uppskattade. Helge hade också visat asken för några utvalda utländska vänner och då hade det märkliga hänt att när de hade öppnat asken hade de funnit en berättelse skriven på deras eget språk. En bekant som var rabbi hade fått läsa en text på hebreiska, en fransk gäst en berättelse på franska och en rysk bekant en rysk berättelse. Helge hade även visat asken för en långväga gäst från Japan och nyfiket undrat vad som nu skulle hända när locket öppnade, för några japanska bokstäver fanns inte med bland de 25 000 tecknen som sidorna bestod av. Men till deras förvåning kunde de se hur bokstäverna hade format sig till japanska tecken och japanen kunde läsa en berättelse på sitt eget språk. Helge hade till och med låtit sin son när han var 3 år gammal få leka med asken och när sonen öppnade den hade bokstäverna format sig till bilder. Tillsammans bläddrade de igenom berättelsen som handlade om en hund och en pojke, och hans son hade skrattat av lycka när han följde med i berättelsen. Ja, det verkade som om all världens berättelser var samlade i denna magiska bok, som därför korrekt hade fått titeln "Berättelsernas bok".

Boken hade också en mycket märklig bakgrund. Helges farfars farfar den berömda folklivsforskaren Hubertus Broman hade en dag upptäckt det märkliga biblioteket i Habborn under en cykeltur och blivit vän med bibliotekarien Kniv-Johan. Hubertus blev med åren en återkommande gäst till det märkliga biblioteket och de två blev med tiden goda vänner, men så en dag nåddes Hubertus av den sorgliga nyheten att Kniv-Johan låg för döden. Hubertus hade då genast cyklat dit för att få träffa sin vän en sista gång. Kniv-Johan låg blek och svag i sin säng men lyste upp när han såg sin vän Hubertus vid sängkanten. De talade en stund med varandra innan Kniv-Johan plockade fram en ask under sängen och gav den till Hubertus. Hubertus såg frågande på asken. Han läste på locket där det stod "Berättelsernas bok". Kniv-Johan fuktade sina torra läppar och började långsamt berätta.

-I den här asken har jag samlat hela biblioteket. Alla 25 000 böcker har jag lagt ner i den. Från varje bok har jag skurit ut en bokstav och klistrar in på papperen. När jag öppnar den kan jag läsa alla böckerna som finns i biblioteket. Den här boken kan jag läsa i Hubertus.

Hubertus såg frågande på Kniv-Johan. Han visste att Kniv-Johan, trots att han var bibliotekarie, inte var läskunnig, så hur kunde han då läsa i boken? Hubertus gläntade på locket till asken och såg ett papper fyllt med urskurna bokstäver. När han försökte läsa texten var den helt osammanhängande. Men han höll god min, för han ville inte såra sin vän, för om Kniv-Johan sa att han kunde läsa texten, så var det väl så. Han tackade sin vän för den fina gåvan och de satt och pratade en stund till innan Hubertus blev tvungen att ta farväl. Någon dag senare fick Hubertus veta att Kniv-Johan hade somnat in.

Asken blev sedan liggande hos Hubertus som en kuriosa och en gåva från en god vän. Ett år senare när han höll på att flytta omkring böckerna i sitt bibliotek tog han upp asken och vände och vred på den för att beundrade det fina hantverket. När han sedan öppnade locket blev han förvånad då han såg de 13 välskrivna papperen med en berättelse. Han tog upp pappren och började läsa och till sin förvåning var det en berättelse om det märkliga biblioteket i Habborn. Det var en berättelse som han själv hade upplevt och som berättade om hur det stora biblioteket i Habborn hade grundats och hur han själv för första gången träffade Kniv-Johan. Vad märkligt tänkte Hubertus, jag som tyckte det såg ut som rappakalja första gången jag tittade på pappren. Det måste nog ha varit sinnesrörelsen på Kniv-Johans dödsbädd som drabbade mig och som gjorde att jag inte kunde uppfatta berättelsen från början.

På kvällen la han tillbaka pappren i asken och stängde locket innan han gick och la sig för att sova. Han sov oroligt under natten och drömde om biblioteket och Kniv-Johan. På morgonen steg han upp tidigt och gick genast fram och öppnade asken för han ville så gärna läsa den fantastiska berättelsen en gång till, men till sin förvåning låg där nu 13 papper fyllda med slumpmässiga bokstäver. Hade han drömt alltihop? Han stängde locket och vred på lådan och undersökte den noga för att se om det fanns någon hemlig dubbelbotten som kunde förklara det märkliga. Han öppnade asken igen och än en gång hade det märkliga inträffat. Framför honom låg nu en helt ny berättelse. Den här gången handlade det om en skrivmaskin som skrev kodade meddelande och hade tillhört bastupoeten Yngve Gustavsson.

Boken hade sedan dess gått i arv släkten och förvarades bland många andra värdefulla och sällsynta böcker i det hemliga biblioteket. Det Helge aldrig hade förstått vad det var för bibliotek som Hubertus hade besökt. Trots gedigna efterforskningar hade han inte kunnat hitta några uppgifter om ett bibliotek i Habborn. Det hade visserligen bott en särling vid namn Kniv-Johan i skogen bredvid byn som försörjt sig på att sälja smörknivar och andra bruksföremål, men ett bibliotek hade ingen någonsin hört talas om i trakten och att Kniv-Johan skulle ha varit bibliotekarie hade de flesta tyckt varit skrattretande. Var biblioteket i Habborn bara en av många berättelser ur en ask, men vad hade då själva asken kommit ifrån? Vad var det som hade kommit först, hönan eller ägget, eller skulle man säga författaren eller berättelsen? Det var något som Helge ofta funderade på när han öppnade "Berättelsernas bok".

Ett inandnings-jo

I soffan blev han född
där dödde han sen
och så vart det inge mer mä dä
vila i frid Amen

Det var Hanna från församlingshemmet som läste dikten vid begravningen. Många av de församlade nickade instämmande över orden som Hanna hade sagt, men de som tillhörde joisterna muttrade missnöjt att det var alldeles förskräckligt överdådigt och mångordigt och att deras mästare skulle ha vänt sig i graven över detta ordslöseri. Det var också joisterna som hade drivit frågan om att hela begravningen skulle ske i tystnad och att liturgi, psalmer, tal och böner skulle strykas helt och pekade i samtalet med prästen på det avsnitt i Korintertbrevet där Paulus så förnuftigt uppmanar att de ska tigas i församlingen. Prästen hade förstås avfärdat denna puritana tolkning av den heliga boken och helt sonika konstaterat att i början var ordet och i Guds hus ska ordet förkunnas. Någon total tystnad kunde det inte bli frågan om under begravningen. Det fanns dessutom en begravningsliturgi fastställd av domkapitlet och den kunde man inte bortse från hur som helst, även om man med respekt för den avlidnes sista önskan och hans betydelse för trakten kunde hålla sig till den kortare versionen av begravningsceremonin och inte i onödan brodera ut orden.

Nu låg alltså Karl Peter Nyman i sin kista. Ja, för att vara korrekt så var det hans gamla kökssoffa som man hade snickrat om till

32

en kista. Det var i denna kökssoffa som han för 89 år sedan hade fötts och sedan 89 år senare dött enligt konsten alla regler. Det var väl egentligen inget märkvärdigt med Karl Peter Nyman. Han var väl som alla andra. En skötsam och plikttrogen karl som levt sitt liv utan att egentligen lämna några större spår efter sig. Han hade aldrig gift sig och han hade inga barn och han hade bott i samma hus hela sitt liv och hade jobbat på samma fabrik tills han gick i pension. Några speciella fritidsintressen hade han inte haft. Om man inte kan kalla ett litet potatisland för ett fritidsintresse, men det är ju sånt som gemene man håller på att påta i på fritiden. Den som tänkte sig skriva en storslagen biografi över Karl Peter Nyman eller för delen bara en dödsruna hade fått det besvärligt. Det fanns inte så mycket att säga om hans levnad. Det var som Hanna hade uttryckt det i dikten: Han föddes, han dog och det var inte så mycket mer med det.

Skulle man trots allt försöka hitta något som var unikt med Karl Peter Nyman så var det att han kunde vara tyst. Nu påpekar säkert många att vara tyst det är väl inget märkvärdigt, för att vara tyst och tiga det är ju en del av det norrländska lynnet och det kan ju vem som helst göra i de här trakterna. Tystnaden ligger så att säga djupt förankrad i den norrländska själen till skillnad från de bredflabbande sörlänningarna som kan förstöra vilken trevlig sammankomst som helst med sitt ständiga småprat. Men det var en särskild tystnad som Karl Peter Nyman behärskade. Redan hans föräldrar uppmärksammade tidigt denna förmåga. Medan hans äldre och yngre syskonen som barn i rent oförstånd kunde haspla ut sig några barnsliga ord som mamma och katt i tid och otid, så teg Karl Peter Nyman sig igen sin barndom och ungdom. Han kunde efter lång betänketid på sin höjd framsäga ett mjukt inandnings-jo som sa allt som behövdes sägas. Hans föräldrar och lärare var mycket imponerade och stolta över hans förmåga att tiga och när han efter skolan började arbeta på fabriken, så sa hans överordnade alltid: Den där Karl Peter Nyman han kan verkligen konsten att tiga han.

Nu hade väl Karl Peter Nymans tystnad oförbermärkt gått historien förbi om det inte hade varit för Anna-Klara Gustavsson som under ett besök råkat hamna ensam i köket med den unge Karl Peter Nyman och av någon oförklarlig anledning känt förtroende för den unga mannen och börjat beklaga sig över sitt liv. Plötslig började hon överösa den stackars Karl Peter med en ordsvada han aldrig tidigare upplevt i hela sitt liv. Det var som om orddammarna brustit inom Anna-Klara och livets hårda och prövande fördämningar hade rämnat och efter en timmes oavbrutet pratande hade hon vänt blicken frågande och vädjande till Karl Peter och frågat: Vad ska jag ta mig till? Karl Peter teg, det var tyst så att man kunde höra en knappnål falla i rummet. I flera minuter satt han där stilla och teg, men sen om det var en suck eller ett inandnings-jo som föll över hans läppar det tvistar de lärda om än idag. Men när Anna-Klara hörde detta ljud var det som om en uppenbarelse för henne. Det var som om någon hade öppnat en dörr in till ett mörkt hus och släppt in det flödande solljuset och hon såg för första gången all bråten och alla problem som hon samlat på sig under livet. Framför henne såg hon också en väg som ledde ut från detta mörka hus fullt med livets trassliga skräp. Hon reste sig hastigt och tackade Karl Peter för hans insiktsfulla svar och sen den dagen blev hennes liv helt förändrat.

Ryktet spred sig snabbt i byn om det sällsamma som hade inträffat med Anna-Klara och det dröjde inte länge innan fler ville få vägledning i livet och få hjälp med sina livsproblem. Kön in till Karl Peters kök ringlade sig lång och han satt och lyssnade på alla dessa berättelser och problem, och när de hade talat färdigt, så tittade de ängsligt och förväntansfullt på Karl Peter som satt där tyst och teg, tills han slutligen släppte ifrån sig sitt mjuka förlösande inandnings-jo, och som ett vasst svärd löstes den gordiska knuten hos besökaren.

Att människor söker vägledning i livet är nu inget nytt. Redan de gamla grekernas begav sig till oraklet i Delfi för att får svar på sina livsfrågor och var och varannan by kan nog stoltsera med en vis gubbe eller gumma som man kan rådfråga när man behöver vägledning i livet. Hade det bara varit för de där ordtysta råden, så hade nog ingen tyckt det var något märkvärdigt med Karl Peter Nyman. Nej, då hade kyrkan förmodligen inte varit full till bristningsgränsen när han begravdes, utan det var det där med dikterna. Var det något han hade ångrat hela sitt liv så var det de där dikterna. Han kunde aldrig riktigt förklara hur det hade gått till. Han var ingen människa som ägnade sig åt starka drycker, utan han var absolutist, och det var kanske därför det gick så illa som det gick. För hade han som de andra karlarna i byn tagit sig en sup då och då och till helgerna som jul, påsk, midsommar och andra högtider supit till som brukligt var, så hade det kanske inte hänt det där förskräckliga.

Nu var det så att Karl Peter en dag hade drabbats av hostan. Den ville inte ge med sig och höll honom vaken på nätterna. Fabrikens läkare hade lyssnat på lungorna och skrivit ut ett recept på hostmedicin. Karl Peter hade in i det längsta stretat emot, för inte behövde han någon medicin inte, men hostan blev inte bättre utan det kändes som om han skulle hosta upp lungorna och det var då i ett svagt ögonblick han tog en sked av hostmedicinen och det måste ha varit under ruset av de där starka medikamenterna som han skrev ner den där dikten på en servett och inte nog med det, av bara farten blev det två dikter till. Ja det var som om själva fan hade farit i honom för i någon form av djävulskt övermod hade han sedan lagt servetten i ett brev och adresserats det till tidningens kulturredaktion.

När kulturredaktör Arne Skog på Nya Norrland öppnade brevet borde han förstått bättre och direkt förpassat servetten till papperskorgen. För ingen människa vid sina sinnens fulla bruk skickar in texter till tidningens kulturredaktion på servetter. Men kanske var det en matthet som fick Arne Skogs annars så knivskarpa intellekt att tveka. En matthet som bara kan infinna sig när man under flera veckor suttit med näsan i den romantiska författaren Ola Hansson samlade verk. Ola Hanssons omfångsrika och mångordiga epos kan tära hårt på den mest vana läsaren och göra honom fullständigt matt. Arne Skog hade dessutom varit uppe hela natten och redigerat en lång artikel inför jubileet av Ola Hansson födelse och hans huvud var därför alldeles fullt med litteraturvetenskapliga termer, långa versstycken och komplicerade ord, så Karl Peter Nymans korta dikt framstod i sammanhanget som en ren befrielse. Han läste på servetten:

Jag föddes
och levde tills jag dödde
sen var de inte nå mer mä dä.

Ja, tänkte Arne Skog efter att ha läst dikten igen, så är det. Mer än så behövs ta med fan inte för att sammanfatta alla de existentiella livsfrågor som har genomsyrar litteraturen genom historien. Man behöver inte skriva 7000 verser om "Vikingakungen Orvars liv och äventyr" för att fånga kärnan i livet. Men vem kan ha skrivit detta mästerverk?

Det var nu som dörren till Arne Skogs kontor öppnades och i dörröppningen stod Karl Peter Nyman och såg olycklig ut. Han hade nyss vaknat efter en lång och djup sömn och när han hade vaknat i sin kökssoffa hade han först konstaterat att hostan var borta, men också att han kände en djup ånger och en oro över att han gjort något som han inte borde ha gjort. Det var den obehagliga gnagande känslan som man ofta finner hos bakfulla personer som nu alltså hade drabbat Karl Peter Nyman. Karl Peter satte sig vid köksbordet med en kopp kaffe och försökte erinra sig vad som egentligen hade hänt dagen innan. När han satt där och slätade ut vaxduken under sina fingrar kände han plötsligt fördjupningen och såg sedan de svaga orden i vaxdukens mjuka yta och han mindes plötsligt hur han i en dimmig inspiration greppat tag i servetten och med blyertspennan textat med stora bokstäver ner den där hemska dikten. Detta vanvett måste genast stoppas tänkte han och hade sedan rusat iväg till tidningens kulturredaktion för att ta tillbaka servetten för att kunna bränna den hemma i kökets järnspis.

-Är det du som skrivit detta? frågade Arne Skog och viftade med servetten när han såg Karl Peter i dörröppningen.

Efter en lång tystnad gav Karl Peter slutligen ifrån sig ett svagt urskuldande inandnings-jo.

-Det är helt genialt! utbrast kulturredaktör Arne Skog förtjust. Vi måste genast trycka det. Det blir en perfekt pendang till artikeln om den stora poeten Ola Hanson. Men vi behöver naturligtvis en intervju med det nya stora litterära stjärnskottet. Slå dig ner här vid bordet min vän.

Motvilligt satte sig Karl Peter Nyman vid redaktörens skrivbord och fick motta en hel drös av frågor. Hur länge har du skrivit dikter? Vilka är dina inspirationskällor? Hur många dikter har du skrivit? Berätta om din kreativa process? När Karl Peter Nyman gick därifrån såg Arne Skog ned på sitt anteckningsblock. Han hade efter en dryg timmes samtal med den nya stjärnpoeten lyckats antecknat tre saker, det första var poetens namn "Karl Peter Nyman", det andra en personlig minnesanteckning om att komma ihåg att hämta tvätten senare i eftermiddag, och slutligen ordet "Jo". Genom sin mångåriga erfarenhet som kulturredaktör insåg Arne Skog att utifrån materialet han hade fått fram kunde det inte bli frågan om någon längre text, utan det kunde på sin höjd räcka till en notis. Men å andra sidan insåg han att det skulle ha varit svårt att få plats med någon större artikel med tanke på att texten om Ola Hansson redan bredde ut sig över sidorna. Arne Skog hade redan fått stryka en del andra inslag som en recension av Erik Bymans utställning av älgar i hembygdsgården i Bjärtrå och en intervju med Torgny Lindgrens sällskapet ordförande Fabian Lundbom. Sagt och gjort notisen trycktes i en liten ruta nere till höger av tidningen i anslutningen till ett uppslag av den romantiske poeten Ola Hansson.

Dagen därpå satt Pelle Nyström som vanligt vid sitt köksbord och drack kaffe när han slog upp kulturdelen i Nya Norrland. Han höll på att sätta kaffet i vrångstrupen. Kulturdelen bestod av inte mindre än sex sidor om den vedervärdiga gödselordspridaren Ola Hansson som han föraktade. Här fanns allt, en biografi över Ola Hanssons liv, utdrag från hans mest kända diktepos, analyser och en intervju med en berömd litteraturprofessor, allt illustrerat med fotografier med rekonstruktioner från det litterära sällskapet Balders Bröders vikingaspel på Styresholmen. Maken till slöseri med både papper och trycksvärta hade Pelle Nyström aldrig sett till. Han höll just på att knöla ihop tidningen med avsikt att slänga in den i kaminen då han uppmärksammade den lilla notisen. Han läste dikten och tillhörande notis som kort och gott löd:

Karl Peter Nyman debuterar som poet. Dikten är en av tre av poeten. De andra två består av tystnad och en punkt. Dikterna känns befriande minimala och geniala. En stor poet är född.

Pelle Nyström kände genast att han hade hittat en likasinnad. Här var det någon som förstod det gamla norrländska ordspråket "desto mindre, desto bättre". Han hade själv i sin poetiska banan anammat den nyenkla poesin och alltid strävat efter att skala bort, förenkla och renodla språket i sina dikter. Men här fanns en riktig minimalist som hade skalat bort allt överflöd och gått direkt på ordets kärna. Bara en mästare kunde sammanfatta ett helt liv i tre rader tänkte Pelle Nyström.

Det var alltså Karl Peter Nymans dikt som fick Pelle Nyström att tillsammans med några likasinnade poeter att börja utforska den hyperminmalistiska poesin, den som i folkmun kom att kallas för joismen, efter Karl Peter Nymans eftertänksamma och mjuka inandnings-jo. Karl Peter Nyman blev den självklara förgrundsgestalten och pionjären för rörelsen, även om personen själv ifråga inte vill förknippas med varken poesi eller ismer och han kunde aldrig under sin levnad kunde förlika sig med att han råkat skriva vers i sin ungdoms dagar.

Hyperminimalismen är idag mest känd för den uppmärksammade antologin "oskrivna blad – outgiven" som bestod av dikter av rörelsens medlemmar som aldrig blev skrivna eller utgivna för den delen. Någon större genomslag fick den hyperminalistiska poesin aldrig hos allmänheten. Man kunde ibland höra obildade människor uttala sig när joismen kom på tal: Att inte skriva dikter och inte ge ut dem det kan väl vem som helst göra. Jag har aldrig skrivit en dikt i hela mitt liv och inte har jag gett ut dem heller. Så jag måste väl också vara en stor poet då? kunde de slänga ut sig. Men vi ska nu inte sänka oss ner till de obildade pöbelns nivå och börja argumentera kring en sådan absurd ståndpunkt utan istället vända oss till den akademiska världen där Karl Peter Nymans poetiska gärning däremot fick stor uppmärksamhet. Det skrevs avhandlingar, artiklar och arrangerades symposium inom olika discipliner som filosofi, religion, språkvetenskap och naturligtvis litteraturvetenskap där hans tre dikter diskuterades och analyserades.

Det uppstod snart en infekterad schism mellan två läger bland de lärde och i flera veckor rasade debatten på landets kultursidor. Det ena lägret framförde teorin att dikten som bestod av en punkt, egentligen inte var någon punkt, utan en flugskit, och att poetens intention var att efterlikna livets naturliga processer och flugskiten var en metafor för att allt blir ju ändå bara skit till slut och att "punkten" symbolisera därför reningen i livet, det som den store Aristoteles benämner katarsis. Den andra gruppen hävdade å sin sida att det inte var en punkt som Karl Peter Nyman hade skrivit utan ett komma. Med hjälp av grafologi och mikroskop hade man konstaterat att det fanns en svag krökning i punktens avslutning och detta bevisade att det inte var ett absolut slut som punkten markerade, utan kommat var en symbolisk pausering, en väntan, som man tolkade som ett löfte om en framtida fortsättning av Karl Peter Nyman författarskap. På ett mer metafysiskt plan var kommat också en metafor för att döden inte är ett definitivt slut utan fortsätter i en bisats som är en del av en större mening.

Den ofrivilliga poeten själv grämde sig mest åt den första dikten. Den var enligt honom alldeles för pratig och överordig, det fanns något sörländsk munslappt med den, som om orden bara hade ramlat ur munnen hans huller om buller. Karl Peter

Nyman hade helst sett den oskriven, eller åtminstone stramare i formen, kanske bara "född död", eller ännu hellre ett enkelt inandnings-jo hade väl gott och väl räckt för att säga det han ville säga. De andra två dikterna, den med en tystnad och en punkt, de var i formatet lagom långa, även om Karl Peter Nyman ansåg att skriva poesi i sig själv måste anses som ett ovanligt slöseri med ord och tid. Nej, efter denna fadäs med dikten hade han högtidligen lovat sig själv att aldrig medicinera och inte heller använda en penna för den delen. Han övervägde noga att avge ett livslångt tystnadslöfte, men efter att i flera dagar ha begrundat saken kom han fram till att ett inandnings-jo, ändå kunde tillåtas då och då. Det var främst för att kunna fortsätta att ge råd till de behövande som uppsökte honom med sina livsproblem. Det kändes som om det hade blivit hans kall att hjälpa andra och kanske kunde det vara ett sätt för honom att återgälda den skuld som uppkommit till livet och den skada som han munsvada och lössläppta poesin hade orsakat.

Hursomhelst hade nu Karl Peter Nyman inträtt i den stora eviga tystnaden och låg död i sin soffkista i kyrkan. Servetten som låg på köksbordet vid hans död, och som han av någon oförklarlig anledning inte brände upp, hade kanske efter en närmare vetenskaplig undersökning kunnat avgöra om det rörde sig om en flugskit, en punkt eller ett komma, men olyckligtvis kunde man inte återfinna den efteråt. Det spekulerades vilt om någon av de som hjälpte till att bära ut kökssoffan med den döde av misstag (det ska kanske nämnas att det var en väldigt varm dag när Karl Peter Nyman avled) tagit servetten från bordet för att torka sig i pannan och därefter oförtänksamt slängt den i en papperskorg.

Nu kan jag bestämt dementera dessa envisa rykten eftersom det förhåller sig så att jag själv har servetten i min ägo. Jag tog nämligen själv hand om den efter mästarens död. Jag kan också tillägga att begreppet servett är felaktigt använt i det här sammanhanget. När man nämner servett tänker människor på vikta servetter som man kan stoppa i kavajfickan eller som står i vinglas på fina restauranger. Utan den rätta benämningen är snarare en bit hushållspapper. När det gäller den infekterade tvisten om den sista dikten är en punkt eller ett komma så kan jag även här komma, efter noggranna studier, med ett slutgiltigt besked. Det är varken en punkt eller ett komma utan ett semikolon så bägge parterna har delvis rätt i sin sak men samtidigt helt fel. Pappersbiten förvarar jag nu en liten glaslåda på en hylla i det hemliga biblioteket bredvid andra fantastiska objekt från trakten som Yngve Gustafsson gröna skrivmaskin, Robert Bromans poesimaskin och den fantastiska asken med Berättelsernas bok.

En skokartong med kärlek

Hilbert Broman tog varsamt ut skokartongen från bokhyllan. På locket var det textat "Bröderna Wikströms kvarlåtenskap". Han tog fram tuschpennan och skrev inom parentes (tillskriven Patient E). Det är i parentesen hela historien utspelar sig tänkte han och öppnade försiktigt lådan och såg på alla de lappar som hans far Helge Broman hade samlat ihop på brödernas gård efter deras död. Det var små brottstycken med kärleksstrofer skrivna på diverse material som en bit mjölkkartong, smörpapper, en bit av en tidning, ett utrivet ark från ett anteckningsblock, ja, vad nu skribenten hade fått tag i. Hilbert tog upp en lapp på måfå ur lådan och läste:

Genom nattens snår
smyger min kärlek
den leker i ditt hår
som månskenstrålar

Bröderna Wikströms, eller BröW som deras gemensamma signatur var när deras dikter publicerades i Hemmets Veckotidning under 1950-talet, hade länge betraktats som vår tid mest besynnerliga och romantiska diktare, men det Hilbert hade fått reda på de senaste dagarna kastade allting omände. Han tog med sig kartongen till skrivbordet i arbetsrummet och ur skrivbordslådan tog han fram papper och penna och började skriva ner den märkliga berättelsen som han hade upptäckt om bröderna Wikström och deras poetiska arv.

Enok och Elof Wikström hade i sin ungdom blivit faderlösa. När de blev myndiga fick de tillgång till ett stort arv som fadern hade anförskaffat genom goda affärer på skog och fastigheter. Bröderna började snart att leva ett liv i sus och dus och sätta sprätt på arvet. De syntes ofta i restaurangen på hotell Knaust i Sundsvall eller på andra fina ställen i trakten där de åt och drack i sällskap med en stor skara gäster, bestående av direktörer, sprättar, fina fröknar och konstnärer. Bröderna var vad man skulle kalla för klädsnobbar, alltid välklädda i skräddarsydda kostymer av senaste snittet och med välansat hår och skägg i det senaste modet. De hade av naturen fått ett fördelaktigt utseende och de var eleganta och självsäkra och behagliga att se på. Det fanns därför många fruntimmer och damer som suktade efter de två ungkarlarna och en och annan fru som gärna skulle ha sett sin dotter bortgift med en av bröderna Wikström. Bröderna hade dock inga planer på att gifta sig eller överge sitt ungkarlsliv, men de var inte heller sena att dra nytta av de gåvor som naturen hade försett dem med och lämnade längs vägen en rad med krossade kvinnohjärtan. Ja ända fram till fröken Ester dök upp i bilden.

Fröken Ester hade under några år studerat till lärarinna i Stockholm och hade nyss flyttat hem för att påbörja en anställning på en folkskola i Kramfors. Av en slump korsades bröderna Wikströms och frökens Esters vägar en vårdag och de bägge bröderna blev omedelbart förälskade i fröken Ester. Känslorna var nu inte ömsesidiga då Ester visserligen fann att de bägge männen vara sköna att se på, som två antika skulpturer av Akilles och Aeneas, men deras rykte som ytliga kvinnokarlar gjorde inget större intryck på en ung fröken som hellre tillbringade kvällen med näsan i ett klassiskt latinskt verk som Ovidius *Metamorfoser* än på en rökig och stökig restaurang där det serverades väl kyld champagne och sjötunga Walewska.

Bröderna Wikström kunde nu inte släppa tanken på den vackra kvinnan som hade tagit deras hjärtan som gisslan. De gjorde allt i sin makt för att vinna fröken Esters hjärta. De skickade stora buketter med rosor, de anlitade skönsjungande sångare för att framföra smäktande serenader utanför hennes fönster och tog varje tillfälle i akt för att försöka bjuda ut henne på restaurang, picknick, baler och andra spektakulära utflykter. Men fröken Ester sa blankt nej varje gång. Att ha två ivriga friare som hela tiden strök utanför hennes hus som två marskatter tyckte hon bara var störande. Bröderna ville nu inte ge sig och de ville naturligtvis inte heller att den andra brodern skulle gå segrande ur denna kärlekskamp. Nu slumpade det sig så att bägge bröderna samtidigt fick den lysande idén om hur de till slut skulle kunna vinna fröken Esters hjärta. Om jag friar till henne, tänkte bröderna, så kommer hon att förstå att jag lämnat mitt ungkarlsliv bakom mig och jag är beredd att ge upp allt för att få leva med henne. Då måste hon tacka ja. Sagt och gjort. Bröderna införskaffade var sin ring med en stor dyr diamant och skickade, ovetande om den andras motiv, var sitt brev till fröken Ester och bad henne möta dem på toppen av Sandöbron nästa kväll. Bröderna ansåg nämligen att Sandöbron var den perfekta romantiska plasten för ett frieri. Det är kanske inte så svårt att förstå. Sandöbron var på den här tiden världens största betongbro i ett spann och det går inte att undkomma att utsikten är hänförande vacker från bron en fin sommarkväll.

Fröken Ester mottog de två breven med inbjudan och tänkte som vanligt slänga dem i papperskorgen som hon hade gjort med alla andra inbjudningar hon hade fått under året, men hon tvekade, och bestämde sig sedan att det nog var dags att en gång för alla att få slut på det här spektaklet. Så hon begav sig dagen därpå till Sandöbron för att säga bröderna ett sanningens ord och be dem i fortsättningen att lämna henne i fred.

Nu stod fröken Ester på toppen av Sandöbron. En mild sommarbris lekte i hennes hår och utsikten var hänförande med solen som höll på att gå ner bakom bergen. Brodern Elof kom gående från den östra sidan och Enok kom gående från den västra. De kom ungefär samtidigt fram till fröken Ester och blängde argt på varandra och undrade vad andre brodern gjorde här, men de förspillde ingen tid utan gick i stället samtidigt ner på knä och öppnade den medhavda asken med diamantringen som gnistrade i solens sista strålar. Gift dig med mig! utbrast bröderna nästan samtidigt. Nej, hon ska gifta sig med mig avbröt den ena brodern ilsket. Nej, det är mig hon ska gifta sig med svarade den andra lika upprört. De bägge bröderna reste sig rasande över att den andra brodern hade förstört allting. De greppade tag i var sin arm av den stackars Ester och började en dragkamp för att vinna över henne på sin sida. Nu gick det inte bättre att den stackars Ester helt utom sig av denna uppslitande scen försökte slita sig loss från

47

brödernas grepp och lyckades med resultat att hon kastades bakåt, träffade broräcket och olyckligt föll handlöst över räcket rakt ner i älven under.

När bröderna såg hur Ester föll över räcket utbrast de ett hjärtskärande: Min älskade Ester! och rusade fram till räcket som de utan tvekan kastade sig över. Bröderna föll drygt 40 meter innan de träffade vattenytan och sjönk djupt ner i älven. Det var ett under att de oskadda kunde ta sig upp till vattenytan igen. Väl uppe började de ropa, simma och dyka för att få tag i sin älskade Ester, men ingenstans kunde de finna henne. Hon var som uppslukad av älven. Människor runt omkring på stränderna som hade sett vad som hade hänt kom roende med båtar för att hjälpa till. Hela natten fortsatte sökandet utan resultat och dagarna efter fortsatte man leta längs älvens stränder men någon Ester kunde man inte hitta, varken levande eller död.

Bröderna Wikström var förkrossade. När de kom hem började de genast att skylla det inträffade på varandra. De var den andres fel att Ester ramlat i älven och dött. De började supa för att lindra sin oändliga smärta, de slogs med varandra för att få ut sitt hat och sin besvikelse över livet och nätterna igenom grät de floder av sorg och saknad. I flera dagar blandades brödernas svett, spyor, blod och tårar medan de gjorde sitt bästa för att ta ihjäl sig själva och den andre. Men en dag helt utmattade och blåslagna såg de på varandra och en hemlig överenskommelse uppstod mellan dem. De förstod att Ester var död, det fanns inget som kunde få henne tillbaka. Det var bägges fel att hon hade dött. De hade varit egoistiska och levt ett syndfullt och ytligt liv. Precis som de hänsynslöst hade krossat andra människor hjärtan hade deras egna hjärtan nu blivit krossade. De insåg att Esters död var himlens försyn och straff för deras syndfulla levende. Om de verkligen hade älskat Ester och inte bara sett henne som ännu en erövring då måste de göra bot och bättring. Bröderna beslutade sig därför för att använda det som fanns kvar av arvet för att starta en stiftelse till Esters minne. En stiftelse med syfte att hjälpa unga behövande kvinnor som ville studera vidare till lärare. Efter att ha avyttrat det mesta av vad de ägde flyttade bröderna sedan ut i Finnmarken till ett litet torp där de i fortsättningen tänkte leva ett enkelt liv. För att försörja sig börjad de samla och sälja skrot och lump. Även om bröderna på ett plan hade försonats och accepterat sitt öde så undvek de att tala med varandra och höll sig på var sin kant på gården och skötte sig själva. En dag fann bröderna var sin lapp bland all bråten på gården. Lappen innehöll en kort kärleksstrof.

Fröken Ester, nej, hon var inte död. Fallet från Sandöbron hade visserligen fått henne att tappa medvetandet och strömmen hade fört med hennes kropp ut mot havet. Fastklamrad på en stock hade hon halvt död hållit sig vid liv tills en fraktbåt som lastat virke i Bollsta råkade se henne i vattnet och plockade upp henne. Ester var svårt medtagen och när hon väl kvicknade till och kom ihåg vad som hade hänt befann sig båten redan mitt ute på Atlanten på väg mot Sydamerika och då var det för sent att vända om. Jag får försöka ta mig hem så fort jag kommer fram till nästa hamn tänkte hon, men under resans gång började hon fundera över vad som hade hänt. Förmodligen trodde de där hemma att hon var död, men skulle hon återvända hem så skulle de envisa bröderna Wikström förmodligen fortsätta att förfölja och uppvakta henne. Jag får nog avvakta med hemresan och se vad som händer när jag kommer fram tänkte hon.

Efter ett par veckor var båten framme i Rio de Janeiros hamn och Ester lämnades vind för våg av besättningen på den myllrande hamnen utan att veta vad hon skulle ta vägen. Då plötsligt fick hon höra en hög svensk stämma genom sorlet. Hon började genast bana sig en väg genom den täta folksamlingen på kajen. Snart stod hon öga med öga med en man och frågade försiktigt på svenska.

-Ursäkta, men pratar ni svenska.

Mannen såg frågande på henne men brast sedan ut i skratt.

-Naturligtvis talar jag ärans och hjältarnas språk. Låt mig får presentera mig Fabian von Stockenrosen, upptäcktsresande från Skåneland, närmare bestämt från Ystad och ni min fröken, har ni något namn?

-Fröken Ester Broman, lärarinna från Kramfors.

-Kramfors, vilket sammanträffande. Jag råkar ha en kusin i trakterna, Balthazar von Konkelbären om namnet är bekant? Men hur i all sin dar har fröken hamnat här i Sydamerika?

Ester redogjorde i snabba drag om hur ramlat från Sandöbron och hur hon räddats av fraktbåten som tagit med henne till Rio de Janeiros hamn och den pikanta situation hon nu befann sig. Ensam i ett främmande land utan några som helst pengar eller för den delen papper. Hon funderade på om hon skulle uppsöka det svenska konsulatet för att få hjälp att ta sig hem.

-Min fröken låt mig då komma med ett anspråkslöst förslag började Fabian von Stockenrosen. Jag är just i färd med att bege mig på en spännande expedition in i Amazonas djungel för att studera urinnevånarnas kulturer och min sekreterare har just sagt upp sig på stående fot och lämnat mig i sticket. Kanske kunde en position som expeditionssekreterare vara av intresse? Då skulle ni få möjlighet att tjäna ihop tillräckligt med pengar för att senare kunna återvända hem. För inte tala om alla spännande äventyr som väntar.

-Jag har nog inte så mycket att välja på i nuvarande situation så jag tackar ja på stående fot till ert generösa erbjudande svarade Ester.

Så kom de sig att Ester Broman anslöt sig till Fabian von Stockrosens expedition in i Amazonas täta djungel. Efter några veckors färd med båt och vandring hade de kommit långt in i djungeln och tanken var att de skulle försöka hitta någon av de många stammar som ännu inte hade upptäckts av västerlänningar. De vandrade i den täta djungeln, när så att säga de naturliga behoven gjorde sig påminda hos Ester och hon fick snabbt vika av för att sätta sig bakom en tät busken. När hon var klar och återvände var resten av sällskapet som uppslukade av grönskan. Hon ropade och ropade men fick inget svar. I tron att hon gick i rätt riktning förirrade hon sig allt längre in i djungeln och när mörkret föll var hon hopplöst vilse. Natten tillbringade hon i hopkurad vid foten av ett stort träd.

När Ester vaknade kände hon sig obehaglig till mods precis som om någon stod och stirrade på henne men hon kunde inte se någon. Men känslan fanns kvar så hon tittade igen riktigt noga omkring sig och upptäckte till sin förskräckelse att framför henne på ett par meters avstånd stod ett tiotal människor i en halvcirkel och stirrade på henne. De smälte nästan helt in i djungeln. Det räckte att hon tappade fokus ett kort ögonblick för att de magiskt skulle försvinna framför hennes ögon. Det var de osynliga som Ester stod öga med öga med. En okänd stam djupt inne i Amazonas djungel som hade förmåga att som en kameleont smälta in i omgivningen och de betraktades därför som skickliga jägare och fruktansvärda fiender som kunde dyka upp från ingenstans. Ester ryggade förskräckt tillbaka inför de tio nakna och beväpnade männen framför henne. De osynliga ryggade i sin tur tillbaka inför Ester, inte för att hon var en vit kvinna, utan för att hon hade upptäckt dem. Det brukade ingen göra förrän de själva avslöjade sig. Ester hade nämligen ett medfött synfel som gjorde att bilderna från det högra och det vänstra ögat inte helt överlappade varandra utan det fanns en liten förskjutning och den avvikelse räckte för att den optiska illusion som de osynliga lärt sig att behärska sattes ur spel. Med tiden lärde sig Ester att kontrollera och använda sitt medfödda synfel så hon kunde upptäcka de osynliga på långt håll när de kom.

Men nu började en omständlig procedur när de två kulturerna försökte kommunicera med varandra för att ta reda på om det var vän eller fiende som stod framför dem. Ester försökte kommunicera på de språk hon kunde som tyska, franska, portugisiska och svenska, men utan framgång, så hon provade slutligen med latin. Till sin häpnad svarade en av männen tveksamt och prövande på högtravande latin. Det visade sig att mannen som pratade latin brukade smyga iväg på kvällarna till en missionärsstation som låg några mil bort nere vid floden och osynlig ta sig in i prästens bostad och där stå i ett hörn och lyssna på när prästen läste högt för sig själv ur Vergilius eller andra latinska klassiker. På så sätt hade han lärt sig lite latin. Ja, så gick det alltså till när Ester Broman blev bekant med de osynliga. Under sin vistelse hos stammen fick hon lära sig hur man skulle göra för att själv blir osynlig och röra sig obemärkt i skogen, en konst som hon snart behärskade med fulländning. Ester hade varit hos stammen i drygt ett år när hon under en av sina många vandringar i djungeln plötsligt hörde en bekant röst som svor på svenska.

Hon smög sig osynlig närmare och stod snart bara någon meter ifrån Fabian von Stockrosen och de få personer som ännu fanns kvar av hans expedition. När Ester såg Fabian och hörde hans skorrande skånska greps hon av en sådan hemlängtan att hon glömde bort att vara osynlig och plötsligt stod en halvnaken kvinna framför Fabian von Stockrosen. Det var nästan så att han fick en hjärtattack av hennes plötsliga uppdykande. När de bägge hade återhämtat sig efter mötet och Ester hastigt döljt sin nakenhet så blev det ett kärt återseende. Runt lägerelden berättade de sedan om alla de äventyr som de hade varit med om det senaste året och beslutade tillsammans att det fick var nog med äventyr och att det var dags att åter bege sig hem till fosterlandet. Ester som kände till trakterna väl ledde expeditionen mot missionärsstationen varifrån de kunde ta båten ner mot havet och civilisationen. När båten drev nedströms kunde Ester se de osynliga som sprang längs stranden och vinkade farväl. Hon vinkade tillbaka med tårar i ögonen.

-Vad vinkar du åt? undrade Fabian.

-Åt mina vänner som jag måste lämna.

-Vänner? Fabian tittade frågande mot den täta skogen vid stranden och skakade på huvudet. Min kära Ester, det finns ingen där, konstaterade han tvärsäkert.

-Jo, men de syns inte, svarade Ester.

Efter några veckor nådde de hamnen i Rio de Janeiro och med hjälp av det svenska konsulatet fick de hjälp med biljetterna till återresan. Efter några veckor landsteg de åter på svensk mark i Malmö och skiljdes åt under tårar och löften att fortsätta hålla kontakten. Fabian återvände till sitt kära Ystad och Ester satte sig på tåget mot Kramfors.

När Ester anlände till stationen i Kramfors undrade hon om någon skulle känna igen henne och om bröderna Wikström fortfarande letade efter henne. Det är nog bäst att förbli osynlig ett tag till innan jag vet hur landet ligger tänkte hon och smälte obemärkt in ibland stadens fasader och människor. Under dagen tjuvlyssnade hon på människors samtal och smög in på biblioteket för att läsa i gamla tidningar. På så sätt fick hon reda på vad som hade hänt med bröderna Wikström. Hur de blivit förkrossade av sorg i tron att hon hade dött och hur de hade donerat alla sina pengar till en stiftelse till hennes minne och sedan flyttat ut i Finnmarken för att göra bot och bättring. Kan det verkligen stämma att de älskade mig på riktigt tänkte Ester? Ester beslöt sig för att besöka bröderna i deras torp för att ta reda på hur det verkligen låg till. Hon rörde sig snabbt och osynligt genom de norrländska skogarna tills hon stod framför det lilla förfallna torpet. Gårdsplanen var full av skrot och bråte. Som ett osynligt spöke gled hon runt på gården. Hon såg bröderna. De förr så vackra, välvårdade och eleganta bröderna var nu helt förvandlade, de var smutsiga, långhåriga och skäggiga, deras kläder var i trasor och de rörde sig långsamt och krumt som gamla gubbar. Ester såg att deras blickar var tomma som allt liv hade slocknat inom dem. Ester såg på bröderna och kände plötsligt en sympati för dem. De är lika osynliga som jag tänkte hon. De är som spöken som driver omkring ensamma i livet utan att någon bryr sig om dem. Hon beslöt sig för att stanna kvar några dagar för att iaktta bröderna och se vad de gjorde. Dagarna gick och hon blev kvar och sakta växte någon form av kärlek fram till bröderna.

Ester blev med tiden allt djärvare. Hon smög runt på gården och in i torpet när bröderna låg och sov. Som en gårdstomte började hon obemärkt att hjälpa bröderna med små saker, hon kunde lägga ett vedträd i kaminen när den började slockna på natten, lappa en reva i en skjorta, lägga fram en skiftnyckel på bordet som de länge gått och sökt under dagen. Efter ett tag började hon skriva små dikter på olika pappersbitar som hon hittade på gården. Hon kände nämligen en obeskrivlig längtan att lämna någon form av avtryck efter sig. Något bevis på att hon fortfarande var levande, nu när hon nästan hela tiden var osynlig och omvärlden betraktade henne som död. Poesin fick henne att känna sig levande för en stund och det blev hennes livlina mellan liv och död, mellan det synliga och osynliga. Efter ett tag började bröderna hitta lapparna som Ester skrivit. De såg förvånat på lapparna och när de läste de korta kärleksstroferna kände de hur en stöt av värme genomkorsade deras brustna hjärtan och de kom att tänka på Ester. Eftersom de nästan aldrig talade med varandra utgick de från att det var den andra brodern som hade skrivit lapparna med poesi. De samlade lapparna det hittade på köksbordet och på kvällarna i ljuset från ett stearinljus brukade de sitta tysta mitt emot varandra och flyttade omkring lapparna som ett pussel för att skapa nya längre dikter.

En dag hittade Ester ett nummer av Hemmets Veckotidning i en hög skräp som följt med ett dödsbo och började bläddra igenom tidningen. Det var då hon fick se annonsen om poesitävlingen. Hon hade sett hur bröderna på kvällarna satt och skapade små dikter av hennes strofer och hon hade sett hur ett svagt hopp om liv hade tänts i deras tomma blickar. Kanske behöver de, precis som jag, att få känna sig levande för ett ögonblick, och kanske kan poesin ge dem den känslan de söker. Den natten smög hon sig osynlig in i torpet och la tidningen uppslagen med annonsen på köksbordet. När bröderna vakande på morgonen och såg annonsen trodde de förstås att det var den andra brodern som hade lagt dit tidningen. De såg tysta på varandra och beslöt sig för att delta i dikttävlingen. Den kvällen satt de runt köksbordet som vanligt och valde ut strofer som de sedan klistrade fast på ett papper som de sedan skickade in till redaktionen. De skrev under dikten med pseudonymen BröW, en förkortning för Bröderna Wikström.

Till deras förvåning fick bröderna några veckor senare ett brev från Hemmets Veckotidning med besked att det hade vunnit första pris i deras poesitävlingen och att redaktionen var så imponerade av dikten att man erbjöd bröderna en stående diktspalt varje vecka. Så gick det alltså till när bröderna Wikströms rykte som en av Sveriges mest lästa romantiska poeter grundades.

Det hårda livet i torpet slet dock på brödernas krafter och de hade inte precis tagit hand om sin hälsa de senaste åren, så det var kanske inte så konstigt att de ett par år senare drabbades av en allvarlig lunginfektion. När bröderna blev för sjuka för att kliva ur sina sängar fanns Ester vid deras sida. Hon baddade deras feberheta pannor med en kall handduk och gav dem varm buljong att äta. Den höga febern gjorde att bröderna trodde att de var den andra brodern som var friskare som baddade deras panna och matade honom med varm buljong. I flera dagar skötte Ester om bröderna men trots hennes ömma omvårdnad gick deras liv inte att rädda utan de somnade in med bara några timmars mellanrum en dag i slutet av augusti.

Ester var utom sig av sorg. Under åren hade hon lärt sig att tycka om bröderna och hon kände en djup samhörighet med dem. Det var som om en del av hennes egen familj hade dött. Efter deras död irrade hon planlöst omkring i Finnmarkens skogar och sörjde. Hon gick osynlig och försjunken i sig själv när skottet träffade henne. Det var doktor Molander som var ute för att jaga orre som hade missat sitt mål och i stället träffat Ester. Skottet nuddade bara hennes arm men den intensiva smärtan fick henne att ryckas upp ur sin djupa sorg. Hon som så länge varit osynlig för världen blev nu helt plötsligt helt synlig igen, och framför en häpen doktor Molander stod nu en kvinna i skogen. Molander såg genast att kvinnan var i dåligt skick, hon verkade förvirrad och skygg för människor. Doktor Molander, som arbetade på Björknäs Mentalsjukhus, beslöt efter en närmare undersökning att kvinnan var mentalt instabil och behövde vård på institutionen. Det var slutsatser han drog efter att lyssnat på kvinnans osammanhängande prat om sina osynliga vänner i djungeln och hur hon hade återuppstått från de döda.

Det gjordes flera försök under åren att försöka ta reda på kvinnans identitet men utan resultat. Patienten var tyst och frånvarande och höll sig mest på sitt rum. Patienten brukade då och då skriva små dikter på papperslappar som hon hittade och undertecknade dem med bokstaven E. Av dikterna kunde doktor Molander konstatera att det var en bildad kvinna men att det fanns ett oroväckande mörker i hennes själsliga djup, som efter förlusten av någon som stått henne nära. I journalerna omnämns hon därför bara som Patient E. Där kan man också läsa att hon betraktades som rymningsbenägen eftersom hon kunde försvinna från institutionen utan att någon förstod hur det hade gått till, men efter ett par dagar brukade hon alltid dyka upp igen, som om ingenting hade hänt. Men så en dag försvann hon för gott från Björknäs Mentalsjukhus och återfanns aldrig igen trots ihärdiga efterforskningar och en efterlysning i lokalpressen.

Hilbert Broman såg upp från pappret och tittade ut genom fönstret. Ja, det var alltså det som hade hänt med hans moster

Ester som spårlöst hade försvunnit efter fallet från Sandöbron. Det var också den märkliga förklaringen till bröderna Wikströms romantiska dikter som hade berört så många läsare av Hemmets Veckotidning, och slutligen hade han också fått svaret på mysteriet med den mystiska Patient E och hennes dikter som ingick i en av de diktantologier som hans far hade varit redaktör för. Hilbert öppnade skokartongen och sträckte ner handen och tog upp en diktstrof och läste:

Du ser mig inte, men jag är här
du är inte här, men jag ser dig
osynliga går vi bredvid varandra
hand i hand genom livet.

I skokartongen finns det totalt 154 kärleksstrofer, konstaterade Hilbert, och man nöjde sig med att skapa dikter som består av 4 strofer så skulle antalet kombination bli ohyggligt stort. I den här obetydliga skokartongen finns det alltså kärlekslyrik så det räcker och blir över tänkte Hilbert Broman innan han gick och ställde tillbaka kartongen på hyllan igen i det hemliga biblioteket.

Surströmmingsburken

Man kan inte leva på ord allena. Det var en visdom som Albert Näslund hade erfarenhet av. Han hade sedan barndomen närt en dröm om att bli poet, men det var en dröm som ideligen grusades av refuseringsbrev från olika förlag och tidskrifter. Nu ska det väl i ärlighetens namn sägas att Albert Näslund inte var någon vidare poet, så det där med refuseringsbreven var inte helt taget i luften. Han var väl en halvbra poet men hans stil var alldeles för traditionell och konservativ, med rim och sånt och motivkretsen med naturskildringar var inte riktigt vad tidens redaktörer letade efter. Därför blev han som många andra med författardrömmar tvungen att arbete för brödfödan och nu stod han här i Finnmarken och svettades bland myggen med ett par arbetshandskar på händerna. Han och några andra arbetslösa hade fått i uppgift av kommunen att röja upp i bröderna Wikströms dödsbo.

Under sina liv hade bröderna Wikström samlat på sig en hel del bråte och eftersom det var en bit till närmaste farbara bilväg blev karlarna tvungna att bära allehanda skrot och bråte genom skogen till skogsvägen där lastbilen stod parkerade. Det var ett tungt jobb som ackompanjerades av slit, svett och svordomar när en grankvist smällde tillbaka rakt i ansikte på någon eller man snubblade på en ytlig rot. Albert Näslund hade fått i uppgift att rensa ur skafferiet inne i det fallfärdiga torpet och höll på att plocka ner mögliga syltburkar och gamla konserver i en sopsäck när han längs inne i hörnet såg något som glimmade till. Han tog fram ficklampan och lyste längst in i skafferiet och såg på hyllan två dammiga konservburkar. Han sträckte in armen så långt in han kunde och fick tag på dem. Ute i ljuset såg han att det var två surströmmingsburkar. Själva burkarna var guldpläterade och etiketten sliten, men han kunde ändå läsa att det stod prima surströmming och Jannes salteri på burkarna.

Förutom att skriva poesi hade Albert Näslund en annan stor passion i livet, nämligen surströmming. Han kunde äta surströmming året om och han läste allt han kom över om surströmmingens historik och det fanns inte ett salteri i hela Ångermanland som han inte hade besökt. Men trots sina stora kunskaper i ämnet, kände han varken igen etiketten eller namnet på salteriet på burken. Han vände på den ena burken och gnuggad bort dammet från botten. Där på botten var det stämplat ett årtal - 1877. Hans hjärta tog ett extra skutt. Kunde det verkligen vara möjligt, en surströmmingsburk som var över hundra år gammal? Undrar hur den smakar? Går den ens att äta? Albert funderade ett tag och beslöt sig sedan att ta med sig burkarna hem. Oavsett om de gick att äta eller inte så var de en raritet som han hade hittat.

Det var på fredagen Albert hade hittat burkarna och han hade omedelbart bestämt att han nästa dag skulle prova en av dem och se om den var ätlig. Så på lördag eftermiddag hade han ställt i ordning för en surströmmingsfest hemma vid köksbordet. På bordet stod en av de guldglansiga burkarna bredvid mandelpären, tunnbrödet, rödlöken och ett spetsglas med en iskall sup med Norrlands Akvavit. Albert satte sig på pinnstolen och tog fram konservöppnaren. När den vassa eggen skar genom plåten hörde han ett tyst pysande och medan han skar upp konservburken spred sig lukten i köket. Han kände sig lite yr i början av lukten men sedan var det som om alla hans sinnen hade blivit förstärkta och han kände sig upprymd och välbehaglig till mods. Allt i köket blev tydligare, vad han såg, hörde, luktade och kände. Han såg en fluga i fönstret och kunde urskilja varje litet hår på benen och ögonens alla facetter och han hörde tydligt hur den gned sina ben mot varandra. När burken var öppen tog han upp en av fiskarna och la den på tallriken. Fisken glittrade på ett märkligt sätt, det var som alla världens färger och nyanser skimrade i skinnet, ja, där fanns också en massa färger han inte kände igen. Han rensade och benade fisken. Den såg fet och fast ut i hullet. Sedan tog han en tunnbrödskiva, bredde på margarin, la filén på brödet, skivade lite mandelpotatis över och strödde på rödlöken innan han rullade ihop brödet. Han tog tunnbrödsrullen i handen och stoppade den i munnen och bet till. Han kände hur smakerna exploderade i hans gom. De utvecklade sig och fick alla smaklökarna att öppna sig och han tyckte sig känna smaken av havets salt, av jordens mylla och växternas klorofyll. Det var som om hela naturens smakregister fyllde hans mun.

Framför hans ögon började verkligheten att krackelera som en gammal tavla och flagorna ramlade ner på golvet. Bakom verklighetens tunna duk öppnade sig en oändlig svart rymd och han insåg att han svävade i väg genom rymden sittande på pinnstolen. Han passerade planeter, asteroider, galaxer och stjärnor. Lång där framme såg han ett mörkt ställe där inga stjärnor lyste och han förstod att han var på väg dit till denna tomma plats. När han närmade sig kände han hur fasan växte inom honom. Han kände att tomheten framför honom var skräcken, skräcken, den rena skräcken av intenhet som skulle utplåna honom. Han försökte skrika, men i rymden kan som bekant ingen höra dig skrika, han kämpade emot med all sin tankekraft för att undkomma tomheten. Plötsligt såg han ett snapsglas sväva framför sig i rymden. Desperat sträckte han sig efter glaset och tömde det i ett svep. Den iskalla alkoholen gick som en chockvåg genom kroppen och han föll ner i ett mörkt hål där grankvistar piskade honom i ansiktet medan han gled nerför en lerig tunnel. Han befann sig i underjorden. Ovanför honom hängde en stor rund skiva som verkade vara gjord av vatten. Genom vattnet kunde han se stjärnorna på natthimlen och det var sju stycken som verkade lysa extra starka. Plötsligt blinkade vattenspegeln och han såg att den runda skivan var ett stort reptilöga som stirrade på honom och han skrek och skrek och skrek av skräck.

Det var systern hans som hittade honom i köket, medvetslös och ihopkrupen i fosterställning med tunnbrödsrullen hårt knuten i sin hand. Lukten i köket gjorde henne alldeles vimmelkantig så hon fick slå upp fönstret innan hon lyckades ta tag i Alberts armar och dra ut honom i friskluften på gården. Ambulansen kom och hämtade Albert och Hemvärnet fick tillkallas för att ta hand om burken som spred en sådan förfärlig stank att den hotade hela byn. Iklädd gasmask och skyddsutrustning lyfte en hemvärnsman ner burken i en tätslutande behållare som brukades användas vid sanering av stridsgas. Behållaren fördes sedan bort till en specialanläggning för att förstöras. På lasarettet fick Albert syrgasen och började snart komma till sans, ja, sans och sans, han kom till liv, men sansen var det inte så mycket med, den var borta. Det gick inte att få någon kontakt med honom längre och han reagerade inte på något. Efter några veckor med prover så såg man ingen annan lösning än att skicka honom till Björknäs Mentalsjukhus där han blev sittande i en rullstol och stirrade in i en vägg.

Åren gick och Albert han blev äldre och äldre och håret och skägget vitare och vitare, men så en dag hände något. Han började till läkarnas förvåning vakna upp ur sin långa dvala. Efter ett par månader ansåg han så pass frisk och sansad att han kunde skrivas ut och kunde få vara hemma med hemhjälpen. Benen bar inte längre så han blev sittande i sin rullstol. En dag när Albert satt vid köksbordet kom en kråka flygande in genom fönstret och som om den hade varit tam satte den sig på Alberts axel. Kråkan blev kvar hos Albert, men varje morgon flög den ut genom fönstret och kom inte tillbaka förrän vid skymningen. Då satte sig den på Alberts axels och började kraxa i hans öra. Albert tog då fram papper och penna och det verkade som om han skrev ner vad kråkan berättade. Det blev ena märkliga dikter av kråkkraxandet. När hemhjälpen hade läst en av dikterna hade hon skakat på huvudet och frågat vad är det för token fantasier ni sitter och skriver karl? Albert hade sett på henne förvånat och svarat att det är ju en dikt om våren? Våren, inte kan den där handla om våren, den där

hemska dikten. Jovisst, du ska få höra, hade Albert sagt och
börjat läsa från pappret:

I åarna brusar vattnet
i fönstret leker solkatten
blombladen visar sig i rabatten
vinden viskar så ömt
om det som i snön är gömt
är någon som du drömt
och sedan glömt.

Hemtjänsten hade skakat på huvudet för det hon hade läst på
pappret löd nämligen så här:

Svara du osynliga skugga - bryt din tystnad
Ugh! hugg i huggkubben
klockan ringer i fjärran land
ulven slickar blodiga ben
genom etersfärens dimensioner
ett eko jag hör från andarna
yxan hugger, tungan tystnar
ulven tjuter i stjärntrans
visa dig tomhetens skräck.

Det var som om Albert själv inte såg vad det var för konstiga
saker han satt och skrev. När han läste på pappret såg han bara
samma gamla dikter som han alltid hade skrivit innan det
hemska hände honom. Det var som om det var någon annan
och främmande som skrev de andra märkliga dikterna, vissa
menade att det var kråkan som kraxade fram de märkliga
dikterna som Albert skrev. Övertygad om att han fortfarande
skrev rimmad naturlyrik började han därför att skicka in sina

nya dikter till olika tidskrifter och förlag med förhoppning om att bli publicerad. Nu tyckte man inte längre dikterna var för traditionella utan tvärtom för underliga och obskyra för att kunna publiceras. Det var först när några av hans dikter hamnade på skrivbordet hos redaktören för det nystartade bokförlaget "Det fördolda" som gav ut böcker inom ockultism och spiritualism som någon började intressera sig för hans dikter. I Albert Näslunds märkliga dikter anade förläggaren en inkarnation av Aleister Crowley eller en Emanuel Swedenborg och beslöt sig för att ge ut dem i bokform. Albert Näslunds första diktsamling på förlaget blev "Surströmmingens drömmar", som blev en stor succé i obskyra och ockulta kretsar. Några år innan sin död, följdes succén upp med en ännu mer besynnerlig och uppmärksammad diktsamling med titeln "Sju sursalta sillar".

Men undrar du nu, vad hände egentligen med den andra burken med surströmming som Albert Näslund hittade längts in i skafferiet hos bröderna Wikström? Jo, den lyckade min far Helge Broman rädda från soporna när Alberts syster storstädade köket för att bli av med den fruktansvärda lukten från den öppnade surströmmingsburken. Nu står den här i det hemliga biblioteket på samma hylla som brödernas Wikströms skokartong, Yngve Gustavssons skrivmaskin och andra märkliga saker från trakten. Jag kan inte låta bli att undra vilka sällsamma och skrämmande saker jag själv skulle få uppleva om jag gjorde mig en surströmmingsklämma med strömmingen i burken som fångades utanför Ulvön den där märkliga sommaren 1877.

Skrivmaskinskonstnären

Jag var ungefär fyra år gammal när min talang upptäcktes. Min far hade lämnat mig ensam en stund i hans arbetsrum och som barn är mest, hade jag nyfiken klättrat upp på hans skrivbordsstol och ställt mig framför hans skrivmaskin och, precis som jag sett min far så många gånger gjort innan, börjat härmat hur han brukade trycka ner tangenterna. Efter en stund hade min far återvänt från sitt ärende och möts av ljudet från ett konstant knattrande från skrivmaskinen. Leende hade han gått fram och undrat vad en liten gosse som jag kunde tänkas skriva. När han såg ner på pappret hade han häpet tystnat och bara stirrat på texten. Jag var bara fyra år gammal och hade ännu inte lärt mig att skriva än, men när han såg mig knattra på maskinen med mina små fingrar så kunde han inte låta blir att beundra den fullfärdiga fingersättningen och även om det på pappret bara stod rappakalja var marginaler, mellanslag, interpunktioner och symmetri så perfekta att det såg ut som om jag hade skrivit en text på ett främmande språk.

Sen den dagen kunde jag inte slita mig från min fars skrivmaskin utan vid varje tillfälle som gavs smet jag in i hans arbetsrum och satte mig för att skriva. När andra barn ritade med hjälp av papper och pennor använde jag istället skrivmaskinen för att skapa bilder och mönster på pappret. Efterhand lärde jag mig som alla andra barn att skriva och började då författa små berättelser på skrivmaskinen. När jag började första klass i skolan vägrade jag från första lektionen att använda papper och penna och insisterade på att göra mitt skolarbete på en skrivmaskin. Efter mycket tjat, gråt och övertalning fick jag till slut möjlighet att visa mina kunskaper i maskinskrivning för läraren. När han såg hur snabbt och felfritt jag skrev så kunde han inte annat än kapitulera och i framtiden ta emot perfekta maskinskrivna skolarbeten från mig. Varje ledig stund ägnade jag mig åt att öva på skrivmaskinen och min hastighet blev allt snabbare och mina bilder och berättelser blev allt mer avancerade. Jag kunde skriva lika snabbt som jag tänkte och min ungdomliga kreativitet sprudlande vilket väckte stor beundran hos mina lärare och föräldrar.

När jag var 14 år anmälde min lärare mig till en talangtävling. Bland fiolspelare, sångare, akrobater och trollkarlar avancerade jag snabbt i del olika deltävlingarna tills jag slutligen befann mig i finalen, som skulle hållas i landets huvudstad. Jag var förstås nervös inför den stora dagen. Jag var inte van att uppträda på en så stor scen framför så många människor. Inför finalen hade jag i alla fall tänkt ut ett helt nytt nummer. Jag skulle göra en film med hjälp av min skrivmaskin. Genom att skapa ett hundratal ark med olika bildscener så skulle åskådarna kunna se en kort animerad film när man snabbt bläddrade igenom bunten med papper. Uppgiften var mycket påfrestande och svår. Det gällde att skriva mycket snabbt och helt felfritt för att hinna med uppgiften på den korta tid som varje deltagare hade till sitt förfogande. Jag ägnade veckorna innan finalen på att öva och öva framför skrivmaskinen.

Så kom den stora dagen och det blev min tur att gå upp på scenen. Jag bar ut min skrivmaskin till skrivbordet som man hade ställt fram mitt på scenen och ställde ner skrivmaskinen bredvid en stor bunt blanka papper. Jag satte mig sedan ner på stolen och koncentrerade mig och började sedan skriva. Jag kunde mitt nummer utan och innan så jag slöt ögonen och kände hur fingrarna flög fram över tangenterna. Jag skrev och skrev som jag aldrig hade skrivit förr. När jag öppnade ögonen såg jag att mina fingertoppar hade blivit blodiga under det snabba tangenttryckandet. Domaren kom fram och tog upp bunten med papper som låg bredvid min skrivmaskin och ställde sig mitt på scenen och bläddrade igenom pappren så att juryn och publiken skulle kunna se animationen. Det gick ett sus av beundran genom publiken. Sedan blev det en djup andaktsfull tystnad innan applåderna bröt ut. De vill aldrig sluta kändes det som. Det var i det ögonblicket jag kände att jag hade hittat min mening i livet.

Jag vann första pris för min skrivmaskinsanimation och blev också intervjuad i tidningen. "Skrivmaskinskungen" löd rubriken över en bild av mig, en gänglig, blek yngling med glasögon och en stor grön skrivmaskin av märket Halda i famnen. Jag har fortfarande kvar det gulnade tidningsklippet i min skrivbordslåda. I publiken fanns också en kringresande cirkusdirektör som besökt talangtävlingen för att se om han kunde hitta några nya nummer till sin cirkus. Cirkusdirektören blev så imponerad av min prestation, så efter finalen gick han direkt fram till mig och efter formellt presenterat sig erbjöd han mig anställning på cirkusen som skrivmaskinskonstnär. Jag var helt lyrisk över tanken att få ägna mitt liv åt att skriva skrivmaskin som jag älskade. Efter att ha lyckats övertala mina föräldrar så fick jag tillstånd att ansluta mig till cirkusen.

Nu började mitt livs lyckligast tid. Jag reste runt med cirkusen först i mitt eget land sedan ut i Europa. Mitt skrivmaskinsnummer var från början bara ett kort nummer bland många andra, men allt eftersom publiken och tidningarna uppmärksammade min talang och ropade efter mer växte min berömmelse och snart var jag huvudattraktionen på cirkusen. Mitt nummer började med att en spotlight tändes i taket och lyste upp mitt skrivbord mitt i manegen där det låg en stor bunt blanka papper. Under en fanfar stegade jag in i frack och hög hatt med min Halda skrivmaskin under armen. Jag ställde skrivmaskinen på bordet och satte mer ner. En trumvirvel hördes i bakgrunden och så började jag skriva. Publiken i cirkustältet var knäpptyst av beundran och fascination medan mina fingrar rusade över tangenterna och papper efter papper fylldes med texter och bilder. Svettig och utmattad tog jag ut det sista pappret ur skrivmaskinen och lade det på bordet. Jag reste mig sedan upp och bockade mig inför publiken och då brukade en öronbedövande applådskara utbrista i tältet.

Under resans gång försökte jag utveckla mitt nummer på olika sätt. Jag fick vid ett tillfälle en assistent som hade till uppgift att högt läsa för publiken den berättelse som jag skrev på skrivmaskinen. Tyvärr fungerade det dåligt eftersom det var svårt att hitta någon som kunde läsa lika snabbt som jag skrev. Assistenten hamnande alltid på efterkälken och började snubbla över orden när han försökte hinna i kapp vilket förstörde numrets konstnärliga stämning, så jag återgick efter ett tag till mitt eget nummer.

Efter ett års turnerande i Europa var det bestämt att cirkusen skulle åka tillbaka till Amerika och fortsätta turnén på hemmaplan. Cirkusdirektören ville naturligtvis att jag skulle följa med till staterna, så snart stod jag tillsammans med resten av cirkussällskapet på fartygets däck och kände Atlantens vindar mot mitt ansikte. I Amerika var allt annorlunda, det var så stort och imponerande. Även om jag hade uppträtt i Europas huvudstäder var det ingenting mot vad som mötte mig i de amerikanska städerna. Ryktet om min talang hade redan nått den amerikanska kontinenten och tältet bågnade av alla människor som ville se mitt nummer. Ordningsmakten fick kallas in för att hålla ordning på massorna och vi tvingades till flera extra föreställningar varje dag för att det inte skulle bli upplopp. Hysterin var enorm vart än vi kom. Det ordnades parader, jag fick skriva tusentals autografer, naturligtvis på skrivmaskin, och cirkusdirektören och jag blev inbjudna till middagar och fester med kändisar, politiker och miljonärer som alla ville träffa och skaka hand med skrivmaskinskungen, ja, tidningsrubriken hade blivit mitt artistnamn.

En kväll när vi hade uppträtt i Washington fick jag en personlig inbjudan att äta middag med självaste presidenten i Vita huset. Efter en underbar middag erbjöd jag mig att skriva av presidenten, det vill säga göra ett porträtt av honom på min skrivmaskin. President ställde sig i profil vid sitt skrivbord och jag matade in ett blankt papper i skrivmaskinen och började skriva. Efter ett par minuter var jag klar och presidenten och de församlade blev mycket imponerade över likheten och detaljrikedomen i porträttet. Som tack för porträttet tilldelade presidenten mig en guldmedalj som han brukade dela ut till konstnärer för förtjänstfulla insatser för landet.

Under ett par intensiva år turnerade vid landet runt inför utsålda hus men intresset för cirkuskonsten minskade stadigt och fick hård konkurrens av biograferna som nu lockade en allt större skara människor. Intresset för att se mina skrivmaskinskonster minskade också. Istället anställde cirkusdirektören en ung cirkusprinsessa som utförde akrobatik på vita hästar, vilket blev cirkusens nya huvudattraktion. Jag blev därför snart tvungen att ta avsked från cirkusen och alla mina vänner, och bege mig ut i världen för att hitta något annat jag kunde försörja mig på.

Jag kunde ju ingenting annat än att skriva skrivmaskin, men som tur var det en skicklighet som efterfrågades på arbetsmarknaden. Jag var inte heller helt bortglömd, utan många kom fortfarande ihåg mitt namn och hade även sett mig uppträda på cirkusen, så det dröjde inte länge innan jag fick anställning som chefsekreterare på ett stort företag. Jag tilldelades ett rymligt rum och ägnade dagarna åt att skriva rapporter, PM och brev. Uppgifterna var ganska enkla och jag imponerade snabbt på min chef med mina perfekta felfria rapporter som alltid blev klara i god tid. Även om jag trivdes på mitt nya jobb, var det enformigt och påfrestande i längden. När jag kom hem på kvällen gick jag oftast och la mig direkt. Jag var för trött för att sätta mig ner vid skrivmaskinen och skriva mina egna berättelser eller skapa några av de bilder som alltid brukade ge mig stor tillfredsställes. Min chef var dock så imponerade av mitt arbete att han anmälde mig till en tävling för sekreterare. Tävlingen hade olika moment som att korrekt skriva av en text och att skriva så snabbt som möjligt. Det visade sig snart att jag var överlägsen alla de andra deltagarna i tävlingen. Jag slog ett nytt hastighetsrekord på skrivmaskin genom att fördubbla det gamla rekordet. Även om jag vann tävlingen kände jag ingen tillfredställelse. Det hade bara varit en mekanisk efterapning av andras texter och jag saknade den konstnärlig friheten som jag var van vid. Mitt inrutade, monotona liv gjorde mig deprimerad, även om jag naturligtvis skötte mitt jobb oklanderlig, men det var så enkelt att jag kunde utföra det med vänsterhanden och redan den första arbetstimmen brukade jag vara klar med dagens alla sysslor.

En dag när jag kom till mitt kontor stod en ny konstig skrivmaskin på mitt skrivbord. Medan jag stod och granskade den nya maskinen kom min chef in med ett stort leende.
-Visst är den fin? Jag trodde nog att du skulle gilla den sa han.
-Vad är det för något? undrade jag
-Det är en dator. En avancerade elektrisk skrivmaskin. Med den kan du skriva ännu fortare och få mycket mer gjort.
-Verkligen utbrast jag lite tveksamt.
-Ja vänta ska du se. Du sätter först på den här.
-Var ska man stoppa i pappret?
-Du behöver inget papper. Utan texten kommer att visas här på skärmen och när du är klar med texten kan du trycka på den här knappen så skrivs den ut på en skrivare som står där ute i det andra rummet. Så nu har den startat. Nu är det bara att börja skriva som vanligt.

Jag satte mig ner vid datorn och började långsamt att skriva på tangentbordet. Tangenterna kändes konstiga, de verkade inte sitta på rätt ställe och ljudet var helt annorlunda. När jag såg upp på det elektriska pappret framför mig såg jag till min förtvivlan att det inte alls stämde. För första gången såg jag stavfel i min text och den var alldeles konstigt formaterad.

Min chef såg på mig och rynkade pannan. Ja, ja, sa han sedan. Det tar alltid ett litet tag att vänja sig vid nya saker. Du ska snart se att du kommer underfund med det här. Han klappade mig på axeln och la en rapport på mitt skrivbord som han behövde efter lunch och gick in på sitt kontor.

Det här klarar jag av tänkte jag. Jag ska bara vänja mig vid det nya tangentbordet så kommer allt att ordna sig. Jag tog itu med uppgiften att sammanställa rapporten. I vanliga fall hade jag varit klar efter några minuter men nu gick allt fel. Fingrarna slant på tangentbordet, jag råkade komma åt någon knapp så märkliga tecken dök upp bredvid texten, det blev dubbelbokstäver, stavfel, felformateringar, olika typsnitt och radavstånd i texten. Efter flera timmar var jag alldeles svettig och svag av utmattning. När min chef kom tillbaka efter lunch hade jag inte ens hunnit klar med första sidan av rapporten. Han såg frågande på mig och skakade sedan på huvudet och muttrade.

-Ja, alla har inte lika lätt att lära sig nya saker, men senast i morgon bitti behöver jag rapporten. Jag hoppas jag kan lita på dig.

Jag nickade till svar och slet hela eftermiddagen och sent in på kvällen med rapporten, men förgäves, bokstäverna lydde mig inte, utan hoppade omkring och krumbuktade sig på skärmen. När jag äntligen hade lyckats få till texten någorlunda begripligt tänkte jag skriva ut den och tryckte då på Print-knappen, men då hände något med texten. Hela texten försvann och jag kunde inte hitta den någonstans. Helt slut gav jag upp och gick djupt besviken över mina tillkortakommanden hem för kvällen. När jag kom hem satte jag mig genast vid min skrivmaskin och skrev klart rapporten. Det tog mig bara några minuter att skapa en perfekt rapport av texten som min chef hade gett mig.

Den natten sov jag oroligt och plågades av mardrömmar om den hemska elektroniska skrivmaskinen. I drömmen satt jag framför maskinen på mitt kontor och skrev, men det var som om maskinen hade ett eget liv och den började plötsligt att skriva sina egna texter. Tangenterna trycktes ner av sig själva utan att jag behövde röra dem och på skärmen forsade i blixtens hastighet texter och bilder fram i en aldrig sinande ström, snabbare än jag någonsin skulle kunna skriva. Bredvid mig på skrivbordet växte ett berg av rapporter och brev som jag skulle skriva. I bakgrunden stod min chef som en mörk skugga och lutade sig anklagande över mig. När jag vaknade var jag alldeles kallsvettig och fick skölja av ansiktet med kallt vatten innan jag skyndade iväg till mitt arbete.

Jag gick genast in till min chef och överlämnade rapporten till honom. Han bläddrade igenom den och nickade.
-Ja, perfekt som vanligt, men jag ser att du har skrivit den på en vanlig skrivmaskin?

-Ja, den där nya elektriska saken är inget för mig. Jag håller mig till min gamla skrivmaskin. Aldrig att jag sätter mig vid den där hemska saken igen.

- Jag förstår svarade chefen och jag märkte att han var besviken på mig. Jag har fått order från huvudkontoret att vi ska börja datorisera våra kontor. Oavsett om du vill det eller inte så kommer all vår personal att övergå till datorer inom den närmaste tiden. Jag vet att du har jobbat här länge och jag har alltid uppskattat ditt arbete, det har varit klanderfritt, men det är nya tider och man måste anpassa sig till dem.

-Tänker ni avskeda mig utbrast jag häpet.

-Nej, men jag behöver en sekreterare som kan hantera den nya tekniken. Vi ska nog hitta något annat ni kan göra.

Så gick det till när jag fick lämna mitt fina kontor och min position som chefsekreterare och flyttades ner med min skrivmaskin till en skrubb i källaren. Jag fick sedan höra att chefen hade anställt en ung kvinna som tog min plats bakom den elektriska skrivmaskinen. Tiden förflöt och jag tillbringade större delen av mina dagar med att titta rakt in i väggen. Jag hade inte längre några arbetsuppgifter och det verkade som om de hade glömt bort mig helt på kontoret. Jag gick som vanligt till jobbet på morgonen och hem på kvällen. Dagarna förflöt i en monoton jämngrå kulör utan att något inträffade. När jag hade suttit i min skrubb några år öppnades plötsligt dörren och en ung man i kostym klev förvånat in i skrubben.

-Så det är här ni sitter. Vi har letat överallt efter er. När jag tog över chefspositionen i företaget gick jag igenom lönelistorna och ditt namn dök upp, men ingen visste riktigt var du hade ditt kontor. Vi har letat överallt. Den nya chefen såg ner i sin pärm. Jag ser att du har varit anställd väldigt länge på företaget, men jag förstår inte riktigt vad du gör? Strunt samma, jag ser också att din anställning upphörde för flera månader sedan men att du fortfarande har fått lön? Det måste ha blivit en miss i lönesystemet och informationen om din uppsägning fastnat längs vägen. Jag beklagar detta, det är väl någon bugg i datasystemet. I alla fall så vill jag tacka dig för dina tjänster under de här åren som gått och önska dig lycka till i framtiden. Skulle du vilja vara vänlig och plocka ihop dina grejer idag redan? Vi behöver nämligen det här utrymmet. Vi kommer att slå ner några väggar här ner i källaren och bygga ett nytt serverrum. Ska vi säga så då? Chefen vände på klacken och gick sin väg.

Då är jag alltså arbetslös tänkte jag. Vad ska jag nu hitta på? Jag tog min skrivmaskin under armen och gick hem. Hemma i min lilla lägenhet såg jag mig omkring och kände att nu när jag inte längre hade något jobb att gå till, vad skulle jag egentligen göra här? Och jag började för första gången på väldigt länge att fundera på hur det var där hemma på andra sidan av Atlanten? Levde mina föräldrar fortfarande? Stod mitt barndomshem kvar? Jag beslöt mig den natten att det var dags att åka hem.

När jag åter stod framför mitt barndomshem var det första gången jag såg det sedan jag som 14-åring hade lämnat mitt hem för att turnera med cirkusen. Mina föräldrar hade avlidit för några år sedan men huset stod kvar och väntade på mig. Det var sig likt som jag kom ihåg det från när jag var liten. Jag gick in i mitt fars arbetsrum. Skrivbordet stod kvar där det alltid hade stått och jag ställde tillbaka den gröna skrivmaskinen av märket Halda, som jag hade lånat av min far för att kunna utföra mitt skolarbete och mina cirkuskonster och sen mitt yrke som chefsekreterare. Nu stod skrivmaskinen på samma plats där historien en gång hade börjat. Jag satte mig på stolen och matade in ett blankt papper i skrivmaskinen. Trots att jag inte hade använt skrivmaskinen speciellt mycket de senaste åren var den i gott skick. Jag hade regelbundet rengjort och smörjt den så tangenterna och mekaniken fungerade perfekt. Jag såg på det blanka pappret och började skriva. Det gick långsamt i början, jag var inte längre van vid att skriva snabbt. Maskinskrivandet är som allt annat en färdighet som man måste utöva varje dag för bli riktigt bra i.

Nu när jag börjar jag nå slutet på berättelsen kommer jag på att jag har glömt att presentera mig. Mitt namn är Folke Gustavsson och var en gång i tiden en världsberömd skrivmaskinskonstnär.

Helge Bromans testamente

Dödsbudet

Jag befann mig på Pingelap, den lilla atollen i Mikronesien för att studera invånarnas kultur när brevet om min fars död nådde mig. Jag hade under många år levt ett kringflackande liv utan fast adress och postgången på dessa avlägsna öar är inte den bästa som ni säkert förstår. Så det dröjde flera månader efter min fars död innan jag fick brevet med dödsbeskedet. De skulle dröja ytterligare en vecka innan jag efter en lång resa kunde kliva av tåget vid perrongen i Kramfors. Den kalla januarikylan välkomnade mig tillbaka till min hemstad. På perrongen stod min fars gamla vän Nikko Hirvenpää och väntade. Han måste ha varit i 80 årsåldern. Han såg ut som en sjöbuse med sin stora pälsmössa och i hans stora skägg hade det redan bildats istappar i kylan.

-Välkommen hem, hälsade han och kramade om mig. Jag beklagar verkligen sorgen. Vill du att vi åker upp till graven direkt innan vi åker hem till dig?

-Graven blir bra, svarade jag.

Vi satte oss i hans gamla Saab och åkte upp till kyrkogården. Framme vid graven borstade jag bort snön från gravstenen och läste. Helge Broman, (1925-2015), folklivsforskare, *de profundis ad astra*.

-De profundis? Jag såg frågande på Nikko? Min latin var inte den bästa insåg jag.

-Från djupet till stjärnorna förklarade han.

-Och vad betyder det?

-Det kanske klarnar efter hand.

Jag ryckte på axlarna och satte ner blommorna i snön och tände gravljuset som jag hade med mig. Jag stod en stund stilla och stirrade på gravstenen. Kvällen var kall och stjärnorna blinkade i natten. Jag tänkte att det var synd att jag inte hade haft bättre kontakt med min far medan han levde. Efter att min mor dött när jag var i tonåren hade min far slutit sig in i sig själv och ägnat allt mer tid åt sina böcker och försummat mig. När det blev dags att söka till gymnasiet valde jag därför att flytta hemifrån till en släkting i Uppsala, där jag också tog studenten och sedan fortsatte min akademiska bana inom antropologi på universitetet. Kontakten hade bara varit sporadisk med min far sedan jag flyttade hemifrån. Något julkort eller ett brev, och vi hade stött på varandra någon gång längs livets bana, men inte mer. Jag kan inte säga att jag kände honom.

- Det är väldigt kallt ikväll, sa jag och gjorde demonstrativt en åkarbrasa. Kanske bäst vi beger oss innan vi förfryser oss. Hur kallt tror du det är Nikko?
-Minus 17 enligt termometern. Det är lite kyligt, men inte lika kallt som julen 1983 då hade vi runt 40 minus utanför stugan hemma.
Vi satte oss i Saaben och jag satt och huttrade ett tag innan värmen spred sig i bilen. Vi körde mot Finnmarken, där skogarna stod mörka och täta omkring vägen. Även om det var många år sedan jag var hemma kände jag igen mig när vägen svängde och jag såg huset uppe på kullen. Det lyste från fönstren.

-Vi har försökt se till huset sedan din far dog och hållit det uppvärm och satt timers på lampor och sånt. Vi vill ju inte ha något inbrott. Din far har ju en del värdefulla böcker bland annat.

-Ja, jag förmodar att han inte gjort sig av med några böcker.

-Nej, nej, tvärtom skrattade Nikko. Han har bara fortsatt samlat genom åren. Det märker du när du kommer in.

Vi svängde in på gårdsplanen framför en stor vit herrgård i trä. Min far hade berättat att det var en av mina förfäder som 1777 fick en uppenbarelse och anlade ett kapell uppe på kullen. Under åren byggde släkten vidare på platsen först var det en prästgård och sedan en herrgård. Traditionen med prästyrket hade min farfars farfar Hubertus Broman övergett och istället ägna sig helhjärtat åt mer sekulära intressen som folklivsskildringar, ett intresse som sedan har gått i arv i släkten.

-Här har du nyckeln och larmbrickan. Huset är larmat, så när du kommer in har du larmdosan till vänster om dörren. Tryck brickan mot panelen och ange koden 1777. Frugan har gjort en köttgryta som du kan värma, den står i kylskåpet och så har vi fyllt på med lite basvaror så du klarar dig några dagar. Det är ju en bit till affären, men du kan såklart ringa mig om det är något. Du har ju numret.

Jag tog emot nyckelknippet och tackade och klev ut i kyla. Det var en märklig känsla att stå framför sitt barndomshem igen efter så här många år. Jag klev upp för trappan och låste upp dörren. Bakom mig hörde jag hur Saaben åkte ner för backen. Larmet pep, men slutade när jag slog in koden. 1777, typiskt att det var just det numret tänkte jag. Min släkt verkar vara som besatt av sjuor. Adressen till mitt barndomshem var Bromanvägen 7. Men det var ju enda tomten i området så det borde logiskt vara nr 1, men av någon anledning hade det alltid varit nr 7.

I hallen kände jag igen lukten från min barndom, lukten av gamla böcker och damm. Framför mig låg en lång korridoren som ledde fram till köket och trappan upp till övervåningen. Jag minns denna korridor som ganska luftig med ett par bokhyllor längs väggarna. Nu var den en trång passage med bokhyllor, böcker och kartonger travade längs väggarna. Jag kikade in i salongen till vänster och drog en djup suck när jag såg det stora rummet som också var överbelamrat med böcker. Till höger låg min fars arbetsrum. Vid fönstret stod hans skrivbord i massiv ek, överfyllt med böcker och papper. Från dörren gick en smal gång fram till skrivbordet medan resten av rummet var fyllt med böcker, kassar och kartonger. Jag kände en lätt panik när jag insåg att det var jag som skulle behöva rensa upp och ta hand om allt det här. Det verkade som ett evighetsjobb.

Imorgon tänkte jag, vi tar det imorgon. Först lite mat och sen måste jag sova. Jag kände mig ganska jetlaggad efter den långa resan. I köket, som också var fyllt med allehanda böcker och högar, hittade jag köttgrytan i kylskåpet och satte den på spisplattan. Efter att röjt undan ett litet hörn på köksbordet genom att flytta undan en kartong märkt med Pelle Nyström och några volymer av folkskildringar från 1600-talet i Ångermanland av Johan Nordlander, kunde jag sätta mig ner och äta. Det var en god och mustig älggryta. Det hade varit gott med ett glas vin tänkte jag och såg mig omkring i köket. I ett av köksskåpen fanns ett vinställ med några vinflaskor. Jag valde ett riojavin och hällde upp ett glas. När jag var hade ätit upp lät jag disken stå till morgondagen. Jag tog trappan upp till övervåningen där mitt gamla pojkrum låg. Undra om mina saker finns kvar tänkte jag när jag öppnade dörren. Ja, det gjorde dem. Rummet såg ut ungefär som när jag lämna det förutom att det överallt var böcker och åter böcker. Jag hade haft en barnslig idé om att åter få sova i mitt gamla pojkrum, men jag insåg att det skulle ta timmar att få ordning på det, så jag gav upp den tanken. Är det lika illa i badrummet funderade jag, men som tur var det ganska tomt. Fukt och böcker är en dålig kombination och min far var väldigt rädd om sina gamla böcker. Då ska vi bara se om det finns något varmvatten. Jag satt på duschen och efter en stund blev vattnet riktigt varm. Jag kröp ur mina kläder och ställde mig i duschen. Det var skönt att duscha av sig resdammet och den hårda varma vattenstrålen masserade min trötta kropp. Efter att ha torkat mig och klätt på mig gick jag ner till salongen. Jag röjde undan böckerna som låg i soffan bland annat några volymer med Giovanni Battista Piranesi samlade etsningar och en bok om "Signelser ock besvärjelser från medeltid" av Emanuel Linderholm.

Jag tände en eld i den öppna spisen och hällde upp en stor whiskey från min fars barskåp och lutade mig tillbaka i soffan och stirrade på målningen ovanför spisen. Den hade hängt där sen jag var liten. Det var en målning av Emil Byman. Tavlan skilde sig på många sätt från alla hans andra målningar och den hade tillkommit sent i livet och var en gåva till min far. Den var ganska surrealistisk med sina märkliga starka färger. Motivet var sju älgar som stod och speglar sig i Lomtjärnas mörka vattenyta. Whiskyn var god, elden var varm och det sprakade behagligt från veden. Huset var tyst och stilla så jag måste ha somnat till, för jag vaknade morgonen därpå av att någon ringde på ytterdörren.

Testamentet

Yrvaken och stel i kroppen klev jag upp från soffan och öppnade ytterdörren. På trappan stod en ung välklädd man i kostym.

-Hilbert Broman frågade mannen.

-Ja?

-Mitt namn är Jesper Nordström från advokatfirman Nordström & Nordström. Vi företräder och förvaltar er fars dödsbo. Först vill vi beklaga sorgen, det var en stor förlust för oss alla, och jag ber om ursäkt att vi inte hunnit förvarna er om min ankomst. Vi har försökt nå er på telefon och då det är ganska brådskande så körde jag direkt hit för att träffa er när jag fick höra att ni kommit hem.

- Jag har faktiskt ingen telefon ännu. Den brukar ändå aldrig fungera på de platser dit jag reser.

-Ja förstår. Kan jag komma in det är en del praktiska saker vi behöver prata om?

-Naturligtvis, kom in.

Advokaten hängde av sig ytterrocken i hallen och vi gick in i salongen.

-Ursäkta röran, min far var tydligen en riktigt hoarder.

-Ingen fara jag har varit här förut och känner till er fars samlarmani när det gäller böcker och olika skrifter. Låt mig komma direkt på sak. Jag vill inte uppehålla er. Det är säkert mycket ni ska göra idag. Saken är ganska enkel, men komplicerad. Ni är enda barnet och enda arvingen. I ers fars testamentet ärver ni allting utan förbehåll, huset och tillhörande mark och skog och en hel del kapital.

- Hur mycket gäller det? frågade jag nyfiket. Lite väl nyfiket insåg jag genast och kände hur girigt det kunde uppfattas.

- Det är lite svårt att säga. Det är den svåra delen av arvet. Er släkts investeringar och kapital är spridda över hela världen i olika fonder, stiftelser och fastigheter. Vi har försökt göra en uppskattning av förmögenheten och landar mellan 300-320 miljoner beroende på växelkursen.

- 300 miljoner kronor!? Så mycket?

- Dollar, alla era fars tillgångar beräknas i dollar. Men som sagt det är ett ganska komplicerat skatteupplägg med olika fonder och stiftelser i olika länder, och vi skulle behöva ha några dagar på oss för att tillsammans gå igenom det hela, men det är ingen brådska, vi kan ta det till veckan om du vill. Utan mitt egentligen ärende var att överlämna det här brevet från er far som han ansåg vara mycket viktigt.

Ur sin innerficka tog advokaten fram ett vitt kuvert förseglat med ett rött sigill och överlämnade till mig.

-Jag tror att ni ska läsa det i lugn och ro och begrunda innehållet. Jag fick den uppfattningen av er far att det var av yttersta vikt att ni läste brevet innan ni tog några beslut och gjorde några förändringar. Ja, jag ska inte störa er längre utan lämna er i lugn att ro att läsa igenom brevet. Här är mitt visitkort. Ring mig gärna i veckan så vi kan bestämma en tid för att gå igenom ert arv och hur det på bästa sätt ska förvaltas i framtiden.

Advokaten reste sig och tackade för sig. Jag följde honom ut och såg när han körde iväg med sin stora svarta BMV nedför backen. Jag gick tillbaka till salongen och satte mig ner i soffan och sprättade upp brevet och började läsa.

Min kära son.

När du läser det här brevet är jag förmodligen död. Jag vet att jag har varit en dålig far. Min sorg efter din mors död drabbade mig hårt. Jag visste inte hur jag skulle hantera alla känslorna så istället för att ta hand om dig vände jag mig till det jag kände mig trygg med, mina böcker. Jag har genom åren ångrat mitt beteende, men aldrig lyckats samla mod till mig att närma dig igen. Rädd att du inte skulle vilja ha med mig att göra och för att göra dig besviken igen.

Vår meningsskillnad måste dock ställas i skymundan för en större och viktigare uppgift. Som enda barn kommer du att ärva mig, men också allt som vår släkt genom historien har skapat och byggt upp. Det utgör inte bara en ansenlig mängd kapital, ditt barndomshem, utan ännu mer och djupgående hemligheter som jag för länge sedan borde ha invigt dig i som släktens enda arvinge.

När du var barn berättade jag en del historier för dig. Jag vet inte hur mycket du kom ihåg eller om du ens förstod den fulla innebörden av vad jag berättade. Jag tänker därför att det är bäst att börja från början.

I civilisationens vagga, där floderna Eufrat och Tigris korsas, bodde i forntiden en grupp människor som av sin samtid kallades för Seven Goats, där goats är en fonetisk översättning från sumeriska med innebörden sju sjungande stenar. Denna grupp av människor utvandrade sedan till nuvarande Rumänien och bosatte sig i trakten kring Siebenberg där de levde fram till början av 1600-talet då några av sektens medlemmar fick en uppenbarelse och begav sig norrut. De slog sig så småningom ner i Lomtjärna, som inte ligger så långt från vårt hem som du vet. Gruppen levde väldigt isolerat och avskilt, men en av kvinnorna träffade en dag en prästson från trakten och de blev förälskade. Prästsonen var ingen annan än din anfader Hindrich Bromaneus och sedan dess har vår släkt haft ett starkt band förknippat med dessa människor kring Lomtjärna och också kommit att förvalta en del av deras traditioner. Som du säkert kom ihåg så försvann människorna kring Lomtjärna mystiskt vid jordbävningen 1877, men jag har genom min efterforskningar skapat mig en uppfattning om vad som hände.

Ditt barndomshem har också en speciell historia, det var en av dina förfäder som den 7 juli 1777 började att anlägga ett kapell här på kullen som genom åren byggdes ut först till en prästgård och sedan till en herrgård. Huset har en viktig plats i vår släkts historia och får därför under inga omständigheter säljas eller avyttras. Du kommer längre fram att förstå varför.

Jag vill bara säga att jag älskar dig min son och önskar att våra liv hade varit annorlunda. Jag har lagt en stor börda och ansvar på dina axlar och önskar att jag hade haft möjligt att berätta mer och förberedda dig bättre under åren.

P.S Glöm inte bort att din kusin Arne Saknussemm fyller år den 14 mars.

Jag vände på brevet. Det fanns inget mer. Märkligt, brevet gav upphov till fler frågor än svar. Att vi skulle vara släkt med de besynnerliga människorna kring Lomtjärna var en nyhet för mig, och vem var Arne Saknussemm? Jag hade aldrig hört talas om karln. Eller förresten, namnet lät bekant, var det inte, jo, det var ju namnet på den isländske vetenskapsmannen som var med i Jules Vernes roman "Till jordens medelpunkt". Det hade i min ungdom varit en av mina favoritböcker som min far brukade läsa högt ur när jag var barn. Jag hade nog läst alla Vernes böcker när jag var liten. De brukade förr i tiden stå i en bokhylla ute i hallen. Jag gick ut i hallen och de stod fortfarande kvar på samma ställe. Jag kände igen alla titlarna, "Kazallons loggbok", "Kapten Hatteras resa till Nordpolen" och såklart "Till jordens medelpunkt". Jag tog ut boken från bokhyllan, bläddrade igenom den med förhoppning om att hitta ett dolt meddelande gömt bland sidorna, men boken var tom. Inte ens ett hundöra eller en understrykning kunde jag hitta. Boken var i perfekt skick. Jag fortsatte att plocka ut böckerna från hyllan och bläddrade igenom dem efter en ledtråd. Men utan resultat. När böckerna var urplockade började jag känna inne i bokhyllan och till min förvåning hittade jag en metallring längs in i hörnet. Jag försökte dra i den utan resultat. Sedan vred jag på den och hörde något som klickade till och den tunga bokhyllan lossnade från väggen. Bokhyllan gick sedan enkelt att svänga ut och framför mig såg jag en tung ekdörr. Mitt på dörren satt en skärm stor som en Ipad. På skärmen stod det "Press to enter".

Jag tryckte misstänksamt på skärmen och en kontur av en hand visade sig på skärmen. Jag la försiktigt min egen hand mot skärmen och den blinkade till och visade texten "Enter code". En nummerdisplay och fyra rutor berättade att jag skulle slå in en fyrsiffrig kod, men vilken? Jag tog upp brevet och läste den sista raden igen. *Glöm inte bort att din kusin Arne Saknussemm som fyller år den 14 mars.* Vad händer den 14 mars? 14/3 eller 3/14 som amerikanarna sa. Såklart Pi-dagen, 3.141. Kan det vara så enkelt? Jag slog in koden och jag hörde hur låskolvarna rörde sig i bakgrunden och dörren öppnades framför mig.

Biblioteket
Bakom dörren hittade jag ett mycket litet rum. Det var byggt som en heptagon, alltså som en sjuhörning, med en diameter på knappt två meter. Takhöjden var ungefär 3 meter och avslutades med välvt putsats tegelvalv med sju stycken stjärnor utplacerade och det latinska citat som jag nu kände igen "de profundis ad astra". Rummet hade inga fönster, utan väggarna var istället täckta av inbyggda bokhyllor och bakom glasdörrarna såg jag gamla böcker, folianter och ihoprullade pergament. Mitt på stengolvet stod en liten glasmonter och i den låg en lertavla med kilskrift. Medan jag stod där och begrundade detta fantastiska rum hörde jag ett pipande ljud i bakgrunden och vände mig om. Till vänster om dörren satt en

display som blinkade rött med texten "Close door". Jag gick närmare och förstod att det precis som i många moderna arkiv reglerade rummets temperatur och luftfuktighet av en avancerad anläggning och för att det skulle fungera måste dörren vara stäng. Jag stängde dörren och pipande upphörde och displayen skiftade till grönt.

Jag gick tillbaka till montern och tittade på lertavlan. Jag förstod att det var kilskrift men jag hade inga kunskaper om språket. För mig kunde det lika gärna ha varit en skata som hade hoppat omkring på lertavlan och lämnat fotspår. Vad var det här för rum? Jag hade aldrig sett eller hört talas om det. Det låg inklämt mellan trappan upp till övervåningen och spismuren i köket. Det skulle krävas en hel del arbete för att lokalisera det om man inte kände till det. Rummet verkade vara av sten och valvets murning sa mig att det kunde ha byggts runt 1700-talet. Kunde det vara en del av det ursprungliga kapellet som min förfader uppförde en gång i tiden? Men varför hade jag inte hört talas om det och vad var det för böcker som fanns här inne? De måste vara mycket gamla och unika då min far investerat i en avancerad klimatanläggning för att skydda dem. Jag tittade in bakom glasdörrarna där en svag belysning lyste upp hyllorna. Jag försöket läsa på de nötta gamla ryggarna, jag gissade att vissa titlar var skrivna på hebreiska, grekiska och arabiska. Tyska, franska och italienska kände jag däremot igen. Jag hejade mig framför en volym märkt med Voynichmanuskriptet. Jag hade hört talas om detta märkliga manuskript. Det måste vara en senare kopia tänkte jag som man kan köpa på nätet. Jag läste vidare på bokryggarna och här fanns gamla böcker, pergament och papyrus märkta med titlar som Apuleius Herbarius, Tro-Cortesianus Codex, Nag Hammadi, Prashnopanishad och De revolutionibus orbium coelestium. Jag kände inte igen någon av titlarna, men jag förstod av utseendet att de måste vara väldigt gamla och dyra.

På en alldeles egen hylla låg en liten brun kvadratisk bok som kunde ha fått plats i min hand och bredvid en svart anteckningsbok, som såg väldigt modern ut. På hyllan stod också ett vitt kuvert och jag kände igen min fars handskrift på kuvertet. "Till min son Hilbert Broman" stod det. Jag tog ut kuvertet från hyllan och öppnade det och började läsa:

Min kära son!

Jag är glad att du löste min lilla gåta. Vi måste vara väldigt försiktiga så ingen utomstående får kännedom om vår släkts hemligheter. Du befinner dig nu i släktens Bromans sanctum sanctorum, det allra heligaste. Rummet är det första rummet i kapellet som din förfader byggde. Det är byggt över en speciell plats. I mitten av rummet ser du en glasmonter. I montern finns en lertavla med kilskrift som hittades i Hammurabis bibliotek, men lertavlan är betydligt äldre än så. Det är det första omnämnande av Seven Goats och de sju sjungande stenarna som jag berättade om tidigare. Texten är svårtydd och kryptisk och vi har ännu inte helt lyckats läsa hela tavlan.

Om du flyttar på podiet så hittar du därunder på golvet en speciell sten. Det är den runsten som hittades i trakten kring

Lomtjärna i början av 1900-talet. Lyfter du sedan på stenen kommer du att hitta en järnlucka och under luckan en brunn som leder ner i underjorden till ett labyrintliknande tunnelsystem. Det vara denna upptäck som fick din förfader att bygga kapellet på just den här platsen. Tyvärr raserade stora delar av tunnelsystemet ihop vid jordbävningen 1877. Vi har under åren försökt att röja passagen men det har visat sig vara ett mycket farlig och mödosamt arbete. Mycket arbete återstår innan passagen åter är helt röjd. Vad som döljer sig därnere är inte riktigt klart. Det verkar som om informationen om tunnlarnas hemlighet på något sätt försvunnit längs vägen. Det enda jag vet med säkerhet är att det är av största viktigt att tunnelsystemet behålls hemligt. Tunnlarna och deras hemlighet hör ihop med människorna kring Lomtjärna och de sjungande stenarna och måste skyddas till varje pris. Ibland när jag har varit därnere i gångarna har jag erfarit ett underligt lågfrekvent ljud som en visslande melodi, men det är kanske bara vinden som viner i gångarna?

På hyllan där du hittade det här brevet finns en liten bok i älgskinn. Det är den berömda Svartboken som din farfars farfar hittade uppe vid Lomtjärna. Boken försvann vid hans död tillsammans med annat viktigt arkivmaterial. Efter fler års efterforskningar lyckades jag återfinna det i en bortglömd kartong på Landsarkivet i Härnösand. Under åren har jag kopierat och ersatt Svartboken och andra betydelsefulla dokument med kopior där jag har ändrat de viktigaste uppgifterna för att förvirra andra forskare. Helst skulle jag vilja bränna upp kartongerna på landsarkivet, men rätt tillfälle har inte uppenbarat sig. Historierna om Lomtjärna är som du vet många i trakten. Vår släkts mål har aldrig varit att försöka hejda spridningen av dessa historier och rykten, utan tvärtom hela tiden bygga på med nya historier och berättelser, med tiden kommer historierna bli allt mer motsägelsefulla och svårare att överblicka. Den verkliga hemligheten får aldrig avslöjas.

När jag undersökte Svartboken råkade jag tappa den i stengolvet och den sprack något i ryggen. När jag sedan skulle försöka laga den hittade jag en liten gulnad papperslapp i pärmen. Det stod kort och gott. "De sägs att de flytta hem, men några slog sig ner på Oön." Jag kände igen Hubertus Bromans handstil. Min far hade genom åren lärt mig allt om människorna vid Lomtjärna, men jag hade aldrig hört honom nämna något om Oön. I den svarta anteckningsboken på hyllan har jag skrivit ner en fantastisk och besynnerlig berättelse som jag fick uppleva 1977 då jag sökte efter Oön. Läs den min son efter du läst det här brevet. Den tillför en viktig pusselbit om vår släkt och Lomtjärnas betydelse.

Som du vet har vår familj alltid varit samlare av böcker och skrifter och våra främsta förvärv har vi samlat i detta hemliga bibliotek. På dessa hyllor hittar du unika, okända och försvunna böcker. Deras värde är ovärderligt, och man skulle kanske tycka att de borde höra hemma på ett museum eller bibliotek tillgängliga för andra forskare, men alla böckerna har valts ut med omsorg och har sin speciella betydelse. De ingår i ett pussel som sträcker sig från tidernas begynnelse till tidens slut. Än har vi inte lyckats lägga samman alla bitar och många bitar saknas ännu. Det är ditt uppdrag min son att fortsätta detta arbete och föra arvet vidare och förvalta hemligheten om Seven Goats.

Jag önskar dig all lycka till och vet att du kommer att klara av det. Jag har följt din karriär på avstånd och du är en utmärkt forskare och har under dina resor samlat på dig mycket ny kunskap som du kommer att ha nytta av i ditt vidare arbete. Jag är ledsen att jag kan vara där och svara på alla dina frågor som det här brevet ger upphov till, men livet blir väl aldrig riktigt som man har tänkt sig, eller hur? Det är väl både den stora glädjen och sorgen med att leva.

Din far Herbert Broman

Jag kände mig förvirrad över den nya informationen och såg på montern framför mig och rös vid tanken på de mörka labyrintgångarna som dolde sig under stengolvet. Men samlade sedan ihop mig och tog med mig den svarta anteckningsboken ut från det hemliga biblioteket. Bakom mig stängde jag dörren noga och tryckte till bokhyllan mot väggen igen. Jag gick in i salongen, tände brasan och slog upp ett glas vin från vinflaskan jag hade öppnat igår, satte mig i soffan, tog en stor klunk för att lugna nerverna och började läsa anteckningsboken.

Expeditionen till Oön
I Svartboken hittade jag en liten gulnad lapp med texten "De sägs att de flytta hem, men några slog sig ner på Oön." Under alla år som jag forskat kring människorna kring Lomtjärna

hade jag aldrig hört talas om Oön, så lappen väckte naturligtvis min nyfikenhet och äventyrslust. Jag beslöt mig genast för att försöka hitta mer information i ämnet. Jag studerade under flera månader gamla sjökort, lusläste sjöfartsprotokoll och grävde mig djupt ner i dammiga arkivhandlingar men utan resultat. Jag hade nästan gett upp hoppet om att hitta någon information om den mystiska ön då jag under en sommarutflykt till Höga Kusten råkade komma i samspråk med en gammal fiskare från Barsta och i förbigående råkade nämna Oön. Gubben la pannan i djupa veck och sa att namnet kände han inte igen, men han mindes att han hört av sin far en historia om att det förr i tiden fanns en ö utanför Ulvön. Det var en märklig ö, mer som en ring av berghällar med en sjö i mitten. Men han hade själv letat efter den under många år, men det finns ingenting utanför Ulvön bara hav ända bort till Finland. Ön skulle i alla fall ha dykt upp efter den stora jordbävningen i mars 1877 då vattnet vid kusten hade dragit sig ut i havet med flera meter och det dröjde till oktober innan det blev normalt vattenstånd igen.

Efter den ledtråden började jag gräva vidare i traktens lokala arkiv och hittade några notiser i kyrkböcker och i privata dagböcker som pekade på att detta ovanliga låga vattenstånd hade ägt rum även under åren 1777 och 1677 och en ö då skymtat i horisonten utanför Ulvön. Men efter 1877 hittade jag inga anmärkningar om lågt vattenstånd eller att någon ö skulle ha siktats. En avgörande ledtråd hittade jag i en dagbok som tillhört Olov Svensonius, sockenpräst i Nordingrå. Han skriver i sin dagbok den 7 juli 1777 att: De vidskepliga ortsborna äro oroliga och tala om Oön som dykt upp hur havet efter den stora stormen och att de hava sett järtecken i skyn och en kalv med två huvuden fötts hos en bonde och hönor lägga ägg fyllda med blod. De tissla och tassla om att domedagen är nära. Vid nästa söndagspredikan ska jag taga den vidskepelse ur deras sinnen och vända deras bedjan till Herrens nåd och förbarmande.

Efter det avgörande beviset för öns existens beslöt jag att finansiera och sätt ihop en expedition för att genomsöka havet utanför Ulvön i jakt efter den försvunna Oön. Under hela sommaren 1976 letade vi förgäves i havet utanför Ulvön. Vi kartlade botten millimeter efter millimeter utan att hitta något som skulle peka på en ö. Året därpå gjorde vi ett nytt försök men när sommarmånaderna passerade utan resultat beslöt vi oss att lägga ner projektet.

I oktober 1977 drabbades Höga Kusten av en märklig storm som tryckte ut vattnet i havet. När fiskarna vaknade på morgonen kunde de gå torrskodda på botten flera meter ut i havet. Jag fick ett telefonsamtal tidigt på morgonen av en bekant om det märkliga fenomenet och insåg genast att det här kanske var min sista chans att får svar på gåtan om Oön. Det var knappt vi lyckades få ut båten på tillräckligt djupt vatten på grund av det låga vattenståndet. När vi svängde förbi Ulvöns södra udde skymtade vi en obekant skugga i havet några sjömil framför oss. När vi kom närmare kunde vi under vattenytan se de svaga konturerna av en cirkelformation på botten som vi aldrig sett tidigare. Den var cirka 4-5 meter som bredast och hade en diameter på ungefär 50 meter. Det var en formation som inte fanns på några sjökort. Kunde detta vara den mystiska Oön? Vi bestämde oss för att använda vår undervattensrobot för att undersöka den märkliga formationen närmare. Roboten fick kämpa i den starka strömmen men vi lyckades notera vad som såg ut som husruiner på botten och i närheten hittade vi en ingången till grottan. Grottan sträcka sig brant ner i berget. Försiktigt styrde vi in roboten i grottan och i skenet från strålkastarna gjorde vi ett tjugotal meter in i grottan vårt märkliga fynd.

Sittande inne i grottgången påträffade vi ett skelett som var deformerat. Ögonen var onaturligt stora och huvudet deformerat som Paracas skallarna. I famnen omfamnade skelettet ett blyskrin som vi med hjälp av robotens gripklor kunde bärga från grottan. Tyvärr hann vi inte utforska grottan mer. Mörkret faller snabbt vid den här årstiden och vinden friskade i ordentligt och vi blev tvungna att återvända in till hamnen. Men av de sonar avläsningar som vi hann göra så verkade grottans gångar sträcka sig långt ner under havsbotten.

Under natten blåste det upp till en rejäl storm igen och inte förrän efter tre dagar kunde vi återvända till vår fyndplats. Trots att vi markerat platsen på sjökortet så kunde vi inte återfinna Oön. Havsströmmen var ovanligt starkt vid platsen och vår robot kunde inte hålla sig på rätt kurs, vattnet var också väldigt grumligt och mörkt. Varken ekolod, sonar eller andra instrument kunde finna den märkliga formationen på bottnen igen. Efter några dagar gav vi upp. Vi har återvänt flera gånger under åren med bättre utrustning utan att hitta några spår av

Oön. Hade vi inte bärgat skrinet skulle vi ha trott att vi hade drömt alltihop.

I skrinet hittade vi ett ihoprullat pergament av älgskinn. Själva pergamentet var välbevarat på grund av den låga syrehalten i vattnet, men mycket av skriften hade bleknat med tiden. Fördjupningarna i skinnet efter pennan fanns dock kvar och med hjälp av ny teknik kunde vi återskapa texten. Det visade sig att rullen innehöll en spännande och skrämmande historia om vad som hände några av människorna i Lomtjärn vid den stora jordbävningen 1877.

Här följer en kopia av texten från Oön:

Jag tittade upp från min fars anteckningsbok helt mållös av den märkliga upptäckten som min far hade gjort, men fortsatte sedan genast att läsa texten i det märkliga pergamentet.

Dagarna före den stora jordbävningen hörde vi stenen sjunga högre än vi tidigare hört den sjunga. De äldsta meddelade att det var hög tid att påbörja vår resa. Tiden var inne. Gamlefar skulle snart vakna ur sin djupa sömn och påbörja sin resa hem till den stora tomheten och ta oss trogna tjänare med oss. De äldsta sa att vi skulle förbereda oss och vid midnatt skulle alla stiga ner i tjärnens djup för att sedan när tiden var inne stiga upp mot stjärnorna. Men det kändes inte rätt, det skrifterna sa var att när stenen kallade på oss skulle vi gå ner i underjorden under vattnet, inte direkt ner i vattnet, jag ville därför vänta vid stenen vid tjärnen och inte stiga ner i djupet. De äldsta anklagade mig för förräderi och tänkte taga mig av daga, så jag och de mina flydde och gömde oss i skogen. Vid gryningen skakade marken kraftigt under oss och vi kastades omkull. När vi återvände till Lomtjärna vara alla andra borta. Vi såg fotspår i leran som ledde ner till tjärnen men inte tillbaka. Stenen låg omkullvält på marken.

När jag la handen på den släta svarta stenen kände jag kraften och såg synerna. Jag berättade för de andra om min vision och tillsammans hjälptes vi åt att frakta den tunga stenen ner till älven där vi lastade ombord den på båten. Vi seglade sedan längs älven och ut med kusten. Vattnet var ovanligt lågt men efter några dagar nådde vi Ulföön och satte kurs ut mot havet. Efter några timmar skymtade vi en ö i havet som visionen hade visat mig. Vi landsteg på ön som var formad som en cirkel med en stor sjö i mitten. Vi började bygga ett hus av stenar bredvid grottan som ledde ner i underjorden. Under de kommande dagarna utforskade vi grottan och hitta platsen dit vi sedan förde stenen i säkert förvar. Stenen talade till mig och visade mig underbara och hemska visioner. Jag såg tomhetens skräckinjagande varelser som väntade bortom stjärnorna och jag såg de sju undersköna väsen som dansande och sjöng runt stenarna som var placerade i en ring i en kvadrat.

Efter sommaren började vattnet åter långsamt att stiga och hotade att sluka vår ö. Vi började flytta ner våra saker i underjorden där det fanns säkra grottor där vi kunde leva. I augusti svepte ett kraftigt oväder in från öster. Vi tog ett sista farväl av solen och himlen och begav oss ner i djupet innan ön översvämmades. Stenen talade till mig I en dröm den natten. Jag såg sjustjärnorna som blinkade och sjöng för mig. Jag är

säker att vi snart kan påbörja vår resa mot tomheten. Kanske
möter vi då alla de andra som genom historien gjort samma
resa som vi ska göra. Te dem, ta dum, ti dim, um sum.

Jag la ifrån mig anteckningsboken på soffan och försökte greppa allt jag tagit del av den sista tiden. Jag kände igen grundstrukturen i berättelsen från Oön och berättelserna om Lomtjärna. Berättelsen påminde om flera legender och myter jag själv nedtecknat på de avlägsna öar jag besökt genom åren. Innevånare på Tikopia som berättade för mig om den äldre stjärnresenären som sover på sjöns botten, på Rapa Iti hörde jag berättelsen om den sjungande stenen som föll från himlen, och på öarna Brava och Annabón utanför Afrikas kust, har man offrat till en gud som bor i en sjö på ön och vars namn på deras lokala språk kan översättas till sjuöga. Eller varför inte Takuu, denna spröda ring av sand som reser sig upp ur havet med sina världsfrånvända innevånare. De brukar kalla sin ö för "ön som inte finns" eller om man översätter det rakt av för icke-ön. Det är en ö som anses skapad av förfädernas andar och uppbyggd av havets knotor. På Pingelap, där jag var senast, lider invånarna av en degenerativ gen som gör att hela befolkningen är helt färgblinda. Men i varje generation föds det en individ som av befolkningen kallas för stjärnspejaren eftersom han verkar ha förmågan att se osynliga spektrum på stjärnhimlen. När han stirrar upp mot stjärnorna ser han universums osynliga färger och tolkar budskapen från förfäders andar.

Ja, alla dessa uråldriga myter som jag mött under mina forskningsresor till okända och isolerade öar runt om i världen verkar bära en gemensam grundberättelse lika gammal som mänskligheten. Det var fascinerande att läsa min fars anteckningar om Oön, men också frustrerande. Ön hade än en gång, som ett Atlantis, försvunnit utom synhåll för mänskligheten. Vilka hemligheter gömmer sig egentligen där nere i havsbottens grottor? Finns den sjungande stenen kvar i öns inre? Det verkar som om ön dyker upp i en hundraårig cykel. Nästa gång borde då vara 2077. Tyvärr är jag nog inte vid liv då för att kunna uppleva denna unika händelse. Resten av kvällen satt jag i salongen och bläddrade igenom min fars anteckningsbok och försökte utröna min roll i detta mystiska och hemlighetsfulla spel som min släkt och jag hade dragits in i.

Brevet
När jag vaknade på morgonen kände jag mig stel i kroppen och nacken. Jag var visserligen van vid primitiva sängar under mina resor men den här soffan tog verkligen priset i obekvämlighet. Jag behövde verkligen röja upp i mitt gamla pojkrum så jag kunde sova i en riktig säng nästa natt. Men först kokade jag en kopp kaffe och gick sedan in i min fars arbetsrum och satte mig vid hans stora skrivbord. Mitt framför mig låg en stor posthög med brev som jag började öppna och ögna igen. De flesta var från olika antikvariat med erbjudanden om böcker som de trodde min far var intresserad av. Det fanns också brev från kollegor inom folklivsforskningen både inom och utom landet. Men jag stannade upp vid ett brev i högen. Jag fick läsa adressen två gånger. Det stod inte till Herbert Broman utan till Hilbert Broman. Brevet var poststämplat i Medias i Rumänien och på kuvertet fanns en logga från något ockult institution vid

ett universitet jag aldrig hört talas om. Vem känner jag i Rumänien funderade jag medan jag öppnade brevet och började läsa.

Käre Hilbert Broman

Mitt namn är Nathana Slavontanislosky, och jag är en gammal bekant till din far. Vi träffades en gång när du var en liten pojke, kanske var du två-tre år gammal? Men det är inte säkert du kommer ihåg mig? Först vill jag beklaga sorgen, det var en stor förlust för oss alla att din far dog. Han var en nära och förtrolig vän till mig, och jag kommer att sakna honom och alltid minnas våra långa och intressanta samtal som vi hade.

Jag skriver dock till dig i ett angeläget ärende gällande Nils-Johan Johansson som jag tror du kände när du var ung? Som du säkert vet så försvann han under en resa till Irak 2003 och ingen har sedan dess hört från honom. Men bara någon månad efter din fars död dök han upp i Wien hemma hos den kända psykologen Hugo Siebensterne. Han var fullständigt sinnesförvirrad och babblade osammanhängande. Vem vet vad stackaren råkat ut för under sin resa. Det fanns inget annat råd än att spärra in stackarn för att förhindra att han skadade sig själv eller andra. Efter några veckor började patienten dock att lugna ner sig och Hugo provade då en beprövad metod som han använt i liknade fall med gott resultat där patienten får tillgång till krita och uppmanas att gestalta sina inre bilder på cellens väggar. Resultatet var skrämmande och oroväckande. Monster och osammanhängande texter blandades huller och

buller med svordomar och könsord, men ett namn dök hela
tiden upp på väggarna, och det var ditt namn, Hilbert Broman.

Hugo Siebensterne tror att kopplingen till Nils-Johans barndom
och dig kan vara en viktig nyckel för att komma i kontakt med
honom och försöka hjälpa honom att bryta sig loss från den
hemska föreställningsvärld som han fastnat i. Jag hoppas
därför att du har möjlighet att kontakt Hugo Siebensterne så
snart som möjligt, se kontaktuppgifter i slutet av brevet, och
kanske resa till Wien och se om du skulle kunna vara behjälplig
på något sätt i detta speciella fall. Vi står helt rådlösa. Ingen
behandling verkar hjälpa och vi ser hur patienten dag för dag
försvinner längre och längre ner i sitt bottenlösa vansinne. Jag
hoppas att vi snart får höra från dig.

Mvh
Nathana

Nils-Johan Johansson? Ja, jag kom ihåg honom. Vi gick i samma
klass i högstadiet. En udda fågel som alltid ägnade rasterna åt
att läsa Lovecraft och på lektionerna skrev han skräckdikter om
mördare och monster. Vi umgicks ibland. Vi gillade båda att
spela dataspel och läsa serietidningar. En dag på vårterminen i
nian hade han som vanligt återberättat någon av sina hemska
lovecraftinspirerade berättelser, och jag fick för mig att jag ville
försöka bräcka honom för en gång skull, så jag berättade för
honom ett hopkok av legender, myter och skrönor som jag hört
min far berätta om Lomtjärna och andra platser i trakten. Jag
fantiserad ihop en urtidsgädda som bodde i Lomtjärna, ett
hiskeligt monster som ingen lyckats fånga. Nils-Johan blev eld

och lågor och satte genast ihop en expedition med sig själv och mig som enda deltagare för att fånga monstret. Det var första dagen på Sportlovet som vi tidigt i gryningen skidade iväg mot Lomtjärna, för som Nils-Johan beskrev det, att som Asgård Tor fiska efter Midgårdsormen.

Det var en kall och klar dag. Vi hade tagit matsäck med oss. Limpmackor med prickig korv och varm choklad. Tjärnen låg under ett tjockt snötäcke och den mörka tysta skogen stod som en kuliss i bakgrunden. Vid skogsbrynet syntes fortfarande ruinerna, som upphöjda snöhögar, efter bosättningen som fanns här under 1800-talet. Nils-Johan skidade ut på tjärnen och började skyffla undan snön tills han kom ner till isen. Då tog han fram isborren som han hade tagit med sig och började borra. Isen var tjock. Vi var rädda att borren inte skulle räcka till, men till slut kom vi igenom den tjocka isen. Vi slet en timme med att borra fyra hål och blev alldeles svettiga av ansträngningen. Nils-Johan agnade sedan fyra saxar med strömming och sänkte ner i hålen. Även fast linan var extra lång nådde den aldrig botten. När det var klart satte vi oss en stund och vilade i skogsbrynet och åt vår matsäck. Vi satt tysta och väntade, men snart började Nils-Johan som vanligt otåligt att vrida på sig.

-Nej, här kan vi inte sitta hela dagen. Du sa något om en hällristning i skogen?

Jag hade berättat om hällristningen man hade hittat här vid Lomtjärnen på 1910-talet och nu vill Nils-Johan försöka leta redan på den. Jag visste inte riktig var den fanns och det var dessutom djupt med snö i skogen, men det stoppade inte Nils-

Johan utan vi skidade rakt in i skogen och stannade till här och där och började febrilt gräva i snön efter berghällen.

Nils-Johan hade skidat i förväg när jag plötsligt hörde ett högt rop och sedan blev det tyst. Jag följde hans skidspår och såg hur det ledde fram till en bergsvägg där de abrupt försvann och ersattes av ett svart hål i marken. Jag skyndade mig fram till hålet och la mig på knä och ropade efter honom.

-Hur gick det! Är du skadad?

Jag fick inget svar och blev orolig. Som tur hade jag tagit med mig ett långt rep. Det behöver man på expeditioner hade jag läst i Jules Vernes äventyrsromaner. Jag knöt fast repets ena ände i ett träd och kastade ner den andra änden i hålet.

-Hör du mig! Ser du repet. Kan du nå det. Ryck i det om du ser det?

Jag väntade och var beredd att börja klättra ner i hålet då någon ryckte i repet.

-Kan du klättra upp? Bind repet runt midjan så ska jag försöka dra upp dig. Är du klar?

Någon ryckte i repet igen och jag började dra för allt jag var värd. Långsamt märkte jag hur repet steg uppåt och något tungt följde med upp. Jag drog och slet av alla mina krafter tills jag såg en välbekant toppluva dyka upp ur kanten. Jag förankrade repet och sprang fram till hålet och drog upp Nils-Johan ur hålet. Först trodde jag han var död. Han låg alldeles stilla på marken och ögonen stirrade tomma mot himlen och ansiktet var kritvitt. Jag ruskade kraftigt på honom och långsamt kom han till liv. Han kipade med munnen som han ville säga något men inte ett ord kom ur hans mun. Jag fick stödja honom upp och hjälpa på honom på med skidorna som tur hade blivit kvar ovanför marken. Mekaniskt började han skida tillbaka mot tjärnen.

-Vänta ska vi inte kolla saxarna, ropade jag åt honom när vi höll på att passera tjärnen, men han bara fortsatte framåt. Vad hade det tagit åt honom? Jag bestämde mig för att göra en snabb sväng ut på isen och hämta hem saxarna. De kostade ju i alla fall en hel del att köpa nya. När jag kom till hålen hissade jag snabbt upp saxarna. Men alla var borta. Det var som om linan hade slitits av. Jag förstod inte vad som kunde ha hänt med saxarna, men jag hade inte tid att tänka på saken utan jag blev tvungen att hinna ikapp Nils-Johan som var på väg åt helt fel håll in i skogen. Efter mycket möda lyckades jag få Nils-Johan hem till sig. Jag sa bara till hans mor att vi varit ute och åkt skidor i skogen och Nils-Johan ramlat ner i ett hål, men han verkade som tur var inte ha brutit något ben.

Jag hörde inget från Nils-Johan under resten av Sportlovet och när jag kom till skolan fick jag veta att han var sjuk i feber. Han hade väl blivit förkyld under expeditionen minns jag att jag tänkte. Det dröjde fler veckor innan han dök upp i skolan igen. Han hade tydligen haft ett nervsammanbrott sa någon. En jägare som var och jagade tjäder runt Lomtjärna hade sett färska fotspår av en björn som väckts ur sin vintersömn. Man spekulerade i att Nils-Johan hade råkat ramlat ner i ett björnide och den fruktansvärda upplevelsen hade lett till hans nervsammanbrott. Det var under den här tiden som min mor plötsligt blev allvarligt sjuk och kort därefter avled hon och lämnade mig ensam med min far. Jag sökte precis som min far tröst i böckernas värld. Jag hade nyss upptäckt antropologen James George Frazer "Den gyllen grenen" som kom att få en avgörande betydelse för mina framtida intresse inom antropologin. Nils-Johan och jag höll oss på var sin kant under resten av terminen och sedan sökte jag till gymnasiet i Uppsala och vi träffades aldrig igen. Jag hörde senare av en annan gammal skolkamrat, som jag återsåg i Uppsala, att Nils-Johan efter nian höll på att utveckla dataspel, men att han sedan kom in på musiken och börjat producera och skriva låttexter åt olika band.

Men det var lite märkligt att han hade skrivit mitt namn på väggen. Kunde det ha något samband med Lomtjärna och allt jag lärt mig under de senaste dagarna? Jag beslöt mig för att genast kontakta Hugo Siebensterne och sedan åka till Wien de närmaste dagarna för att se vad jag kunde göra för att hjälpa Nils-Johan, men också för att kanske få en ny pusselbit i denna märkliga historia.

Utanför fönstret till min fars arbetsrum hade det redan börjat mörkna och jag kände att jag var hungrig. Det fick bli det sista av älggrytan till middag och jag passade också på att öppna en ny flaska ur vinstället. Jag kände att jag behövde stärka mig inför morgondagens utmaning. Jag hade beslutat mig för att ta mod till mig och undersöka tunnlarna under huset. Så imorgon skulle jag klättra ner i avgrunden och se efter vad det var för hemlighet som ruvade under mitt barndomshem. Efter middagen slog jag mig ner i soffan på salongen och började läsa ett manuskript som jag hittat på min fars skrivbord för att förströ tankarna. Det var en outgiven diktsamling av Elsa Söderberg.

Ner i underjorden

Av de förra nätternas lärdom hade jag undvikit soffan och istället lagt mig direkt på den tjocka mattan framför eldstaden för att sova bättre, men min sömn var orolig. Jag jagades av en jättegädda i en labyrint av underjordiska tunnlar och i ett rum mötte jag märkliga skuggestalter som stod och mässade i en cirkel med sju stycken svarta stenar. Min far dök plötsligt upp och räckte över en gammal bok med ett heptagram på framsidan och sa till mig: Min son detta är boken om Seven Goats. De profundis ad astra. Och framför mina ögon upplöstes min far i svart rök och i min hand höll jag inte längre någon bok utan ett slemmigt gäddhuvud och då vakande jag. Det var fortfarande tidigt och mörkt ute. Men jag var för rastlös för att somna om så jag gick in i köket och kokade en stark kopp kaffe för att piggna till ordentligt.

Jag plockade fram vad jag trodde kunde behöva till min expedition i underjorden: En pannlampa och en ficklampa med extra batterier, en flaska vatten och ett långt rep. Jag klädde på mig ordentligt eftersom jag tänkte det kunde vara kallt och fuktigt där nere. Inne i det hemliga biblioteket lyfte jag först undan glasmontern och där under låg mycket riktigt runstenen som min far talat om. Den var inte så stor och tung som jag trodde utan det gick ganska lätt att flytta på den. Under runstenen fanns en gammal ubåtslucka av metall. Jag kunde inte låta bli att tänka på Kapten Nemos ubåt Nautilus. Att det var kanske den som jag höll på att stiga ner i. Luckan gick lätt att skruva upp och jag kände hur ett kallt luftdrag slog emot mig när jag lyfte upp den. Under luckan fanns ett svart hål stort nog för en fullvuxen man att komma ner i. Vid kanten fanns en strömbrytare som jag slog till. I ljuset från lamporna kunde jag se något som påminde om en gammal brunn med metallstegpinnar ner till botten, som låg kanske tio meter ner. Praktiskt tänkte jag, både belysning och stegpinnar. Jag började försiktig min nedstigning och stod snart på botten av brunnen. I väggen fanns ett hål som ledde vidare. Jag fick huka mig för att komma igenom, men sedan vidgades tunneln och jag kunde nästa gå upprätt. Tunneln som såg ut att vara uthuggen av människor gjorde en långsam krök och ett tiotal meter fram mynnade den ut i en större tunnel. Det var bara belysning i den ena riktningen och ett rep spärrade av den andra vägen.

Jag lyste med ficklampan bort mot den mörka delen och tyckte se att tunneln efter några meter verkade försvinna brant över en kant. Kanske är det ett stup där framme tänkte jag. Det kan ju vara en anledning till att man inte ska gå in den riktningen. Jag följde istället den upplysta tunneln åt den andra hållet. Vad jag kunde se så verkade det vara en naturlig tunnel som en gång i tiden gröpts ut av strömmande vatten. En slags underjordisk flod, men nu var den torrlagd och bara fuktig som en underjordisk grotta brukar bli. Taket och väggarna hade stöttats upp här och där med hjälp av trä och metalbjälkar. Men det såg ganska stabilt ut. Jag fortsatte att följa tunneln men efter 20 minuter började det blir allt mer stöttor och bjälkar I tunneln. Jag såg också flera sprickor i väggarna och i taket och det började dyka upp nedfallna stenar i olika storlekar på marken. Till slut tog det tvärt stopp. Framför mig blockerades vägen av stora stenblock. Lutad mot bergsväggen stod en del kvarlämnad utrustning som hackor, kilar, släggor, hammare och en luftborr. En enkel kälke stod också lutad mot väggen. Den kanske användes för att frakta bort stenar med tänkte jag.

Min underjordiska utflykt hade nått ett riktigt antiklimax konstaterade jag. En tunnel och en återvändsgränd. Medan jag stod där och stirrade på stenraset hörde jag ett svagt ljud, som en vissling i olika tonarter. Det var något välbekant men ändå främmande över melodin. Vad kan det vara tänkte jag? Men sedan tänkte jag på vad min far hade skrivit i brevet. Att han också hade hört en vissling här nere och att det förmodligen var vinden som ven genom olika ihåligheter och bildade dessa melodier. Det fanns inte så mycket mer att göra än att vända om och traska hemåt igen. När jag kom till avspärrningen in till den andra tunneln stannade jag till och stirrade på repet. Lite äventyr måste man ju ändå ha tänkte jag och klev in bakom avspärrningen. Jag märkte snabbt att golvet var väldigt halt och sluttade och jag började därför långsamt glida neråt. Som tur fick jag tag i repet till avspärrningen och kunde ta mig tillbaka till den andra sidan innan jag glidit iväg för långt.

Jag förstod nu varför man spärrat av tunneln, men så lätt tänkte jag inte ge upp utan knöt fast repet som jag hade med mig i bergväggen och sedan runt midjan och började långsamt ta mig ner för den hala tunneln. Efter 10 meter såg jag hur tunnelns golv försvann framför mig ner i ett mörker. Jag lutade mig försiktig över kanten och lyste med min ficklampa men jag såg ingen botten eller slut på mörkret. Kanske var det här nedgången till jordens medelpunkt som jag hade läst om i min barndoms äventyrsböcker? Med foten puttade jag ner en sten som låg vid kanten. Den föll länge innan jag hörde ett svagt plask när den träffade vattenytan. Det här är inget ställe man vill ramla ner på tänkte jag och började, nöjd med dagens äventyr, att långsamt dra mig upp tillbaka med hjälp av repet. I skenet från pannlampan märkte jag att det fanns spår i golvet som av medar och tillsamman med iakttagelsen av de stenblock som jag hade sett vid kanten drog jag slutsatsen att det var här man hade dumpat allt material som man röjt undan från den raserade tunneln. Mycket praktiskt att kunna dumpa all sten rakt ner i underjorden.

Det var sedan inget problem att ta sig upp till det hemliga biblioteket igen och efter att stängt luckan och ställt tillbaka montern gick jag ut i köket för att äta lunch. Man blir väldigt hungrig av äventyr kunde jag konstatera. Älggrytan var slut så jag fick nöja mig med fil och mackor.

Under lunchen funderade jag på nästa steg och bestämde mig först för att kontakta dr Siebensterne och boka biljetter till Wien och sedan ringa min fars gamla vän Nikko och be honom köra mig till stationen när det blev dags. Jag letade fram den fasta telefonen i hallen genom att följa kabeln från telefonjacket. Jag hitta telefonen i en kartong full med papper. Dr Siebensterne var inte anträffbar men hans sekreterare meddelade att jag var välkommen och väntad. När jag ringde resebyrån visade det sig att jag hade tur för det fanns en ledig flygbiljett till Wien redan nästa dag. Jag ringde därför direkt till Nikko. Han blev glad att höra av mig och undrade om allt var bra. När jag berättade om att jag skulle resa iväg till Wien redan imorgon så lät han inte det minsta förvånad utan önskade mig bara trevlig resa. Efter en stund tystnad så frågade han om jag inte kunde tänka mig att bli redaktör för nästa antologi av "Di ångermanländska". Din far har ju varit redaktör för de senaste böckerna förklarade han. Jag försökte förklara att jag dels inte kunde så mycket om poesi och att jag dessutom hade ett helt hus av böcker och papper som jag måste ta itu med när jag kom tillbaka från Wien. Du kan väl tänka på saken svarade han. Du skulle säkert tycka det var roligt och det är inte så mycket arbete, du ska ju bara välja vilka som ska vara med i nästa antologi. Jag lovade att tänka på saken, även om jag var ganska säker på att jag skulle tacka nej senare. Jag tackade och la på luren. Vi bestämde att Nikko skulle hämta mig tidigt på morgonen och köra mig till stationen i Kramfors. Jag skulle ta tåget till Arlanda och sedan flyga direkt till Wien. När jag ändå var i Wien tänkte jag besöka några kollegor som det var flera år sedan jag hade träffat. Jag tänkte att jag kunde rådgöra med dem och se vad de visste om sekten Seven Goats.

Jag såg mig omkring i mitt gamla barndomshem och suckade djupt över alla böcker och kartonger som stod travade överallt. Jag får ta hand om allt det här en annan dag tänkte jag. Nu måste jag packa och sova så jag orkar med allt jag ska göra imorgon.

Ut i Europa

Under bilresan till tågstationen pratade Nikko i ett om hur kul och spännande det skulle vara om jag kunde tänka mig att ta över redaktörskapet för "Di Ångermanländska". På stationen räckte han sedan över en bunt med de tidigare böckerna i serien som färdlektyr. Böckerna låg bredvid mig på sätet på tåget mot Arlanda och då jag i brådskan hade glömt att ta med mig något annat att läsa kunde jag inte låta bli att börja bläddra igenom dem och snart uppslukades jag av dikterna och skrönorna i antologierna. Jag förstod vad min far hade menat med att sprida olika versioner om legenderna kring Lomtjärna. Antologin innehöll flera referenser, skildringar och skrönor och för en oinsatt läsare var det svårt att veta vad som vad sant eller falskt eller om det ens fanns någon sanningshalt alls i alla legender och skrönor som cirkulerade i trakten.

På planet till Wien funderade jag mer på Nikkos erbjudande om att bli redaktör för "Di Ångermanländska" och kände att det kanske kunde vara intressant att prova på något nytt. Det kunde också vara ett sätt för mig att lära känna min gamla hembygd och min släkts betydelse i den här historien. Att vara redaktör för "Di Ångermanländska" kunde med tiden visa sig vara en viktig erfarenhet för framtiden.

Från flygplatsen i Wien tog jag en taxi direkt till doktor Siebensternes mottagning och blev snart insläppt på doktorns kontor. Doktor Siebensterne var en medelålders man med pipskägg och stora svarta glasögon som tryckte min hand alldeles för hårt innan han bad mig att slå mig ner i stolen framför hans skrivbord.

-Så trevligt att träffa er även om omständigheterna kunde vara roligare. Jag beklagar sorgen. Jag fick nöjet att träffa er far för några år sedan när han höll på att sammanställa en antologi och ville ha med några dikter som min farfar skrev under ett besök i era trakter.

Jag minns att jag hade läst dikterna i en av antologierna om "Di ångermanländska" och tänkte just kommentera det när jag blev avbruten i mina tankar.

-Men nu är ni förstås här för att prata om er vän Nils-Johan Johansson. Tyvärr har utvecklingen i fallet varit oroande den senaste tiden och jag är rädd att ni kommer för sent. Patienten befinner sig just nu i ett katatoniskt tillstånd och går inte längre att nå. Vi har i princip gett upp hoppet om ett tillfrisknande. Det enda som vi ännu inte har provat är elchockterapi för att se om vi kan skapa någon form av respons och stimuli hos patienten.

-Oj då, jag trodde inte det skulle vara så illa. Finns det ingenting jag kan göra?

-Nej, tyvärr jag tror inte det.

-Går det att få träffa honom? Det känns lite synd att ha rest så långt utan att ens få se honom.

-Det går bra, bara ni är beredd på vad ni kommer att möta. Han sitter i sin rullstol och stirrar bara rakt in i väggen.

-Jag förstår.

-Nå låt oss besöka honom. Doktorn reste sig från sitt skrivbord och jag följde med honom genom korridorerna till en dörr som han låste upp. Bakom dörren fanns ett litet rum, med säng, bord och ett fönster med okrossbart glas. Framför fönstret stod rullstolen med en man som apatiskt stirrade rakt in i väggen.

-Ni kan gå in och hälsa. Jag stannar här vid dörren så länge.

Jag gick fram till rullstolen och även om jag hade sett foton av Nils-Johan när han var äldre var jag inte riktigt beredd på förändringen. Ansiktet var blekt och utmärglat, skäggstubben mörk och ögon helt tomma. Jag satte mig på knä framför honom. La min hand på hans arm och sa.

-Hej Nils-Johan. Kommer du ihåg mig? Hilbert Broman. Din gamla klasskamrat. Vi brukade leka ibland som barn. Läsa serietidningar och spela dataspel hemma hos dig ibland. Kommer du ihåg när vi var uppe vid Lomtjärna på sportlovet och skulle fiska efter monstergäddan. Vi hade korvmackor och choklad med oss.

I ögonvrån tyckte jag se hur Nils-Johan blinkade till.

-Jag vet inte riktigt vad som hände med dig där uppe vid Lomtjärna. Du ramlade ner i ett hål och jag fick dra upp dig med ett rep. Och någon gammelgädda fick vi inte heller.

Plötsligt kände jag hur en hand greppade tag i min handled och hur fingernaglarna grävde sin in i min hud. Jag såg upp och stirrade rakt in i Nils-Johans ögon som stirrade på mig skräckslagna.

-Björnen, viskade han.

-Ja, du råkade väcka en björn som låg i vinteride. Det måste ha varit en fruktansvärd upplevelse.

-Den räddade mig.

-Björnen?

-Stenen sjunger. Den sjunger! Tomheten stirrar på mig, den stirrade på mig, skräcken, skräcken! Han började skrika högt av panik.

Från dörren kom doktorn springande. Tillsammans fick vi hjälpas åt för att hålla honom fast honom så doktor Siebensterne kunde ge honom en lugnande spruta. Nils-Johan började lugna ner sig efter en stund och övergick till att långsamt vagga med kroppen fram och tillbaka samtidigt som han mässade orden som jag så väl kände igen: *Te dem, ta dum, ti dim, um sum. Te dem, ta dum, ti dim, um sum.*

Vi hjälptes åt att flytta Nils-Johan till sängen och när han slumrade till vände sig doktor Siebensterne till mig och frågade:

-Vad sa ni till honom som fick honom att reagera så kraftigt?

Jag berättade om vår utflykt till Lomtjärna och hur Nils-Johan fallit ner i ett björnide och väckt björnen som låg och sov där.

- Ja sådana traumatiska händelser kan förändra en människa helt. Han sa han inte något mer?

-Han nämnde något om en sjungande sten och tomheten förklarade jag vagt.

- Aha, Seven Goats.

Jag stod mållös och bara gapade.

- Hur känner ni till Seven Goats?

- Åh, ni förstår jag är en gammal hårdrockare. Det var ett band som jag lyssnade på 80-talet.

-Ett hårdrockband? Är Seven Goats ett hårdrockband frågade jag förvirrat.

-Ja, från Rumänien. Det bildades som sagt på 80-talet. Nils-Johan arbetade ju innan han försvann på samma skivbolag som

Seven Goats gavs ut på. Shvartur Draconium. Ja, min gamle vän Nathana Slavontanislosky som skrev till dig är ju också involverad i skivbolaget.

-Jag fick den uppfattningen att Nathana arbetade på ett universitet.

-Ja, det gör han också. Han är professor i gamla språk, men han har också forskat en hel del kring bandet Seven Goats och deras kopplingar till gamla legender och myter.

-Vilka legender och myter undrade jag nyfiket.

-Jag vet faktiskt inte så noga. Är du intresserad av det ska du nog fråga honom först, mitt område är mer den mänskliga hjärnan än gamla myter.

Doktorn följde mig sedan ut och jag bad honom innan jag hoppade in i taxin till hotellet att hålla mig informerad om utvecklingen kring Nils-Johans tillstånd. Vilket han lovade att göra.

På hotellrummet funderade jag över dagens upplevelser. Vad hade egentligen hänt i björnidet där uppe vid Lomtjärna? Var det bara skräcken att som ett barn ramla ner hos en ilsken björn som påverkat Nils-Johan eller hade det hänt något annat som var förknippat med alla de legender som fanns kring Lomtjärna? Och vilken roll hade professor Nathana Slavontanislosky i denna berättelse? Han kände min far, var expert på Seven Goats och gamla språk, bland annat kilskrift, hade jag läst på universitetets hemsida. Hemma i det hemliga biblioteket låg en kilskrifttavla om Seven Goats. Människorna vid Lomtjärna som jag var släkt med hade en gång i tiden utvandrat från Rumänien. Alla spår verkade för tillfället peka mot Rumänien. Jag beslöt mig därför för att försöka kontakta professor Nathana Slavontanislosky och se om jag kunde träffa honom innan jag reste hem igen. Det fanns för många frågor för att inte utnyttja den möjligheten.

Jag fick tag i professorn senare på kvällen och han blev mycket glad att höra från mig. Han berättade att han alldeles nyss hade pratat med sin vän doktor Siebensterne och hört hur Nils-Johan reagerat på mitt besök. Jag förklarade att jag hade en del frågor om Seven Goats och undrade om vi kanske kunde träffas? Professorn bjöd på stående fot in mig att komma till honom under morgondagen. Han förklarade att det gick direktflyg från Wien till Medias och att han genast skulle säga till sin sekreterare att boka en biljett åt mig. Fick han bara min mailadress så kunde de skicka biljetten till mig. Vi avslutade samtalet och trött av ännu en händelserik dag gick jag och la mig.

Mycket riktigt hade jag en flygbiljett i inboxen på morgonen. Jag hann äta en god frukost på hotellet innan jag tog taxin ut till flyget som skulle lyfta vid tolvtiden. På flygplasten i Medias möttes jag av en chaufför som höll upp en skylt med mitt namn. Bilen körde mig raka vägen till en gammal byggnad i centrum av Medias. Vid porten satt en skylt med texten: The Institute of Occult Hermeneutics and Phenomenology, founded 1666. Jag öppnade dörren och gick in.

Professorn hade sitt kontor på andra våningen i huset. Det var ett rum som påminde mig om min fars hus. Det var överbelamrat av böcker och papper. Jag antar att bägge var hängivna boksamlare. Professorn välkomnade mig och bad mig sätta mig ner i en fåtölj och undrade om resan hade gått bra och bjöd sedan på en whiskey. Vi satt i var sin fåtölj och sippade på whiskeyn.

-Det var en förfärlig historia det där med Nils-Johan började professorn. Han är en nära vän och medarbetare. Det var så fruktansvärt att han först försvann så där märkligt och nu när han kommit tillrätta, ja vem vet vad som har hänt honom. Han var mycket intelligent och duktig. Vi delade många intressen och hade mycket att prata om.

-Som Seven Goats?

-Ja, just det Seven Goats.

-Stämmer det att det är ett hårdrocksband?

-Ja, det stämmer. Bandet bildades 1982 här i Medias. De gav ut två EP-skivor innan medlemmarna arresterades av den hemliga polisen 1984 för samhällsomstörtande verksamhet och ingen har sett röken av dem sen. Det var många som försvann under den här tiden i Rumänien och alla spår i arkiv har effektivt raderats. Gruppen bestod av fyra medlemmar: Tvillingarna Vlad och Vlod på bas och elgitarr, en trummis som bara benämns "One" och Lilith som var sångerska i gruppen. De var under en resa till mellanöstern 1980 som tvillingbröderna träffade Lilith som var iranska och i Damuskus träffade de "One" som ska ha varit egyptier. Tillsammans bildade de sedan bandet Seven Goats.

- Doktor Siebensterne berättade om någon legend som skulle vara förknippad med bandet stämmer det?

-Ja, det stämmer. Du förstår när jag på 80-talet började intressera mig för hårdrocksbandet Seven Goats stötte jag även på myten som sägs vara anledningen till bandets namn. Lilith skulle nämligen ha varit prästinna i en sekt som dyrkade de sju sjungande stenarna. När jag började forska mer i ämnet insåg jag att en del medlemmar från sekten hade utvandrat från mellanöstern och bosatt sig i mina egna hemtrakter någon gång på 1000-talet, och en grupp hade sedan begett sig vidare till Lomtjärna på 1600-talet och det var i samband med mina efterforskningar om det som jag snubblade över din fars namn. Vi fick under åren bra kontakt och delade ett gemensamt intresse kring denna spännande mytologi. Han återkom ofta till dig Hilbert och han uttryckte en oro över hur det skulle gå med de hemligheter och det arv som din släkt förvaltat så länge, så jag lovade honom att försöka hjälpa till om det skulle behövas. Tyvärr avled din far utan att ni kunde återförenas och han kunde dela med sig av all sin kunskap till dig, men jag ska göra vad jag kan för att fylla i luckorna.

-Det finns en sten med kilskrift i min fars bibliotek. Är det något du känner till?

- Javisst, din far kontaktade mig för att tyda kilskrifttavlan som finns er i släkts ägo. Tyvärr är den mycket svårtydd. Den är skriven med någon dialektal variant och det finns vissa begrepp och hänvisningar som jag inte känner igen och som är svårtydda. Det är bara fragment som jag har lyckats tyda än så länge.

-Vad står det?

-Vänta ska jag visa dig. Professorn reste sig upp och gick och rotade i några lådor. Aha är här den! Han kom tillbaka med en fotostatkopia på stenen där han skrivit med röd penna över bilden. Nu är det här bara en grov översättning så du får ha lite överseende. Men texten lyder: *Jag Se Du Um har återvänt från evighetens hav. Till Pnakotus bringar jag gåva. Sju stenar som sjunger tomhetens lov. Jag ska nu berätta hemligheten om cirkeln och kvadraten. De sju stjärnorna ska lyssna.* Här är det oklart vad texten handlar om men det verkar vara någon form av ritual där himmel och hav byter plats. Sedan kommer ett stycke med någon form av formel som jag fonetisk skulle kunna översättas till *Te dem, ta dum, ti dim, um sum.*

-Ja jag har faktiskt hört uttrycket ett par gånger den senaste månaden. Men jag vet inte vad det kan betyda.

-Nej, det påminner inte om något språk jag känner till heller, sedan fortsätter texten med: *Hemligheten jag nu ska berätta om de sju stenarna som sjunger kan bara tydas av den som vandrar utan skugga och som är född av...* Här är en bit av texten troligen raderad *...släkt i blod bunden till stjärnorna.* Sedan kommer ett långt stycke som jag inte kan tyda det verkar vara någon form av chiffer eller så är det skrivet på ett helt okänt språk. Texten avslutas med ett stycke som verkar har kommit till vid ett senare tillfälle som berättar om att en fruktansvärd fiende närmar sig. Författaren berättar att stenarna därför ska flyttas till hemliga platser. Sju grupper med sju personer I varje beger sig iväg i sju väderstreck för att gömma stenarna i sju olika delar i världen. Texten avslutas sedan med en hälsning: *Må tomheten följa din resa stenbärare. Ta dez un dez.*

-Som antropolog har jag studerat och forskat en hel del kring människors föreställningsvärldar under mina många resor och jag känner igen mycket i berättelsen om Seven Goats i den.

-Ja, det är en ganska universell föreställning och på sätt och vis en klassisk berättelse om sju artefakter som tillsammans ska avslöja den stora hemligheten och göra så att vi kommer i kontakt med gudarna som skapade världen.

-Men vad gör just den här myten så speciell för min släkt?

-Därför att det förmodligen är den första och ursprungliga myten. Jag vet inte vad din far har berättat om stentavlan. Den hittades i Hammurabis bibliotek på 1800-talet, men redan då förstod man att den var mycket äldre. Men det är först de senaste åren när tekniken har utvecklats så pass mycket att vi har kunnat analysera och datera den mer exakt.

-Så hur gammal är den?

-Ungefär 5 miljoner år gammal.

-Men det är ju omöjligt! Då bodde det ju inga människor i tvåflodslandet då, det fanns ju inte ens människor på jorden!

-Nej, inte vad vi känner till. Men tavlan är inte från tvåflodslandet. En noggrann kemisk analys har visat att den är gjord av en sammansättning som bara finns på en enda plats på jorden. Nämligen den mystiska klippan Uluru mitt i Australiens ökenlandskap. Så du förstår vad jag menar med att den här myten är den ursprungliga, den som alla andra myter i världshistorien kan ha utgått från.

Jag satt tyst och funderade. Vad hade jag dragits in i? Skulle min släkt ha förvaltat ett arv som var skapat av någon okänd civilisation, jag till och med okänd ras som fanns långt innan människosläktet skapades? Tanken var svindlande.

-Men det är väl ändå bara en myt?

-Vem vet. Både din far och jag är ganska övertygade om att de sju stenarna är kraftfulla artefakter som bär på märkliga krafter skapade av en förmänsklig civilisation.

-Men var finns stenarna nu?

-Enligt din far kan en av stenarna finnas i trakterna kring Lomtjärna. Vi tror att en av grupperna hamnade i tvåflodslandet och sedan fortsatte deras ättlingar norrut först till nuvarande Rumänien och sedan vidare till Lomtjärna och de tog förmodligen med sig stenen. Den kanske finns närmare än du tror.

-Det finns ett tunnelsystem under vårt hus och både jag och min far har hört ett sjungande ljud i tunnlarna.

-Ja, din far berättade det för mig också, men tyvärr har tunnlarna rasat ihop och det lär tar lång tid att röja dem om det ens går. Så vad som finns där nere lär nog förbli en gåta ännu en tid framöver.

-Ja vet. Jag var nere där en sväng innan jag reste hit. Det var lite obehagligt.

- Ja, jag förstår att det är många frågor som dyker upp. Jag har inte heller alla svaren, utan bara det övergripande sammanhanget. Jag ser tyvärr också att tiden rinner iväg och jag har ett möte som jag bara måste närvara på. Det är nämligen med vår viktigaste bidragsglvare och dem måste man hålla sig god med för att kunna fortsätta med verksamheten.

-Jag förstår. Jag är glad att det gick att träffas med så kort varsel. Jag känner att jag fått svar på en hel del frågor.

-Reser ni hemåt imorgon?

-Ja, det var tanken. Jag har en hel del att stå i med huset och arvet och allt.

-Naturligtvis jag förstår, men ni kanske skulle vara intresserad av att äta middag med mig ikväll innan ni åker hem?

-Ja, det skulle vara trevligt.

- Då säger vi klockan åtta på restaurang Svarta Tuppen. Min sekreterare kan ge dig adressen dit på vägen ut.

Jag tackade för inbjudan och på vägen ut fick jag adressen av sekreteraren. Eftersom de var några timmar innan kvällen passade jag på att se mig omkring i staden innan jag checkade in på hotellet. Jag hann också med en tupplur innan det var dags att bege sig till Svarta Tuppen. Restaurangen låg på promenadavstånd och när jag kom dit såg jag att professorn redan satt vid ett bord bredvid en okänd kvinna. Han vinkade till mig och jag steg fram till bordet och professorn presenterade sitt sällskap.

-Det är Lisa Toraby som sitter i den stiftelse som finansierar institutionens forskning och därmed betalar min lön. Lisa, det här är Hilbert Broman, son till Herbert, och en välmeriterad antropolog.

Vi skakade hand. Lisa Toraby var en medelålders kvinna, vältränad med intelligenta ögon och vackra ansiktsdrag. En riktig skönhet som jag hade svårt att slita ögonen från resten av kvällen.

-Ni är här med anledning av Seven Goats om jag har förstått det hela rätt?

Jag såg förvirrat på professorn.

-Ingen fara, log professorn mot mig. Lisa är inte bara en generös finansiär av vår verksamhet utan har också ett stort personligt intresse i Seven Goats.

-Hur kommer det sig frågade jag.

-Mina bröder var med i gruppen.

-Var Vlad och Vlod dina bröder?

-Ja, jag var ett tidigt fan till bandet. När jag tänker efter var jag nog den enda. Det var inte så många som var intresserad av den här typen av musik i Rumänien på 80-talet. Allt som var avvikande ansågs hota staten.

- Var det därför de blev arresterade?

-Ja förmodligen. De var alltid bevakade av den hemliga polisen på de få spelningar de gjorde. Men man var ung och trodde man var odödlig och ville revoltera och göra sig fri.

-Det är ingen som vet vad som hände med dina bröder?

- Efter Ceauşescu fall försökte vi leta i alla arkiv efter några ledtrådar om vad som kunde ha hänt med dem. Men det flesta av arkiven var förstörda för att sopa igen alla spår av brotten. Så jag vet inte.

- Nej, nog om detta utbrast professorn. Vi ska inte gräva ner oss i historiska hemskheter ikväll utan nu ska vi ha trevligt. Jag har beställt in vin och god mat.

Kvällen förflöt i en uppsluppen stämning. Maten, var god och vinet gott och rikligt. Jag berättade om mina resor till olika öar och vilka pinsamma kulturkrockar som kan uppstå när en västerlänning ska försöka förstå isolerade folks levnadssätt. Mina beskrivningar lockade fram en del skratt runt bordet. Professorn delade sedan med sig av några mustiga anekdoter från sin studietid i Heidelberg där det verkade ha gott ganska livat till och Lisa berättade om de galna upptåg som hon och hennes två yngre tvillingbröder brukade utföra till deras föräldrar och lärares stora förskräckelse.

Vid elvatiden stängde restaurangen och vi blev tvungna att bege oss ut i kvällskylan. Professorn tackade för sig och begav sig hemåt. Det visade att Lisa och jag skulle åt samma håll så vi höll varandra sällskap och gick arm i arm längs gatorna och småpratade. Vi stannade till vid mitt hotell. Jag förklarade att jag skulle åka hem tidigt nästa morgon till Sverige. Lisa berättade att hon tyckte Sverige lät som ett exotiskt land och att hon länge velat besöka landet. Vinet och hennes charmiga sätt hade under kvällen gjort mig smått förälskad i henne och jag kunde inte låta bli att tänka på hur trevligt det skulle vara att få träffa henne igen. Så jag tog genast chansen och bjöd hem henne till mig i Kramfors och erbjöd mig också att bli hennes personliga guide under besöket. Hon tackade vänligt för inbjudan och sa att hon skulle tänka på saken. Vi skiljdes åt och jag gick med en varm känsla i bröstet upp till mitt rum för att sova några timmar innan flyget skulle ta mig hem till Sverige igen.

Lomtjärna
Under våren hade jag fullt upp. Jag försökte sätt mig in i mitt arv och den ekonomiska situationen efter min far. Det var fonder, bankkonton, stiftelser och fastigheter sprida över hela världen som jag behövde ha koll på. Jag såg att min far hade satsat en hel del pengar i en stiftelse i Rumänien med namnet Sju svarta drakar och mitt hjärta slog några extra slag när jag insåg att det var den stiftelsen som min nya bekant Lisa Toraby

var ordförande i. Det kan vara en bra ingång för att återknyta kontakten längre fram tänkte jag när jag läste om det i pappren från min advokat. Det visade sig at jag också var delägara i skivbolaget Shvartur Draconium och mycket annat som jga inte visste vad det var.

Förutom det ekonomiska fick jag ägna mycket tid åt praktiska saker som att få iordning på min släktgård. Jag började med att röja mitt gamla pojkrum och se till att jag hade en riktig säng att sova i, sedan gick jag metodisk igenom rum för rum och sorterade böckerna och kartongerna. Jag sålde av en hel del böcker till olika antikvariat som jag bedömde hade ringa värde eller var ointressanta för mig. Jag insåg snart att de mest värdefulla böckerna redan befann sig i det hemliga biblioteket. Men det fanns en hel del intressant och fina volymer som jag hittade i olika lådor, förutom alla de manus och anteckningar efter min far, som jag naturligtvis också sparade.

Jag insåg också snabbt att fastigheten var i behov av en del akuta renoveringar, takrännor läckte, en del fönster och delar av fasaden hade börjat murkna, badrummet hade sett sina bästa dagar och köket behövdes fräschas upp. Under några veckor var huset därför fullt av hantverkare som hamrade, borrade och målade. Pengar var ju inget problem, så jag förstår inte varför min far hade misskött underhållet av huset så länge. Kanske hade han som vanligt varit för uppslukad av sina böcker för att se att en fönsterruta var sprucken eller en vindskiva murken.

Sedan hade jag också tagit i tur med den sjätte volymen av "Di ångermanländska". Det visade sig nu att min fars vän Nikko inte haft så bra koll på vad jag skulle göra. Det var inte bara att välja poeter som han hade antytt, utan det skulle skrivas kontrakt, korrekturläsas, anlitas layoutare och skickas till tryckeriet. Jag fick i princip gör allt själv, men det kändes ändå ganska roligt att syssla med något annat på sidan om och fördelen var att jag kunde bestämma allt själv och inte behövde kompromissa. Jag blev ganska nöjd med samlingen när den äntligen kom ut.

Jag tog också i tur med min egen forskning. Jag hade länge tänkt skriva en bok om den mytologiska uppfattningen hos de människor som jag hade besökt på avlägsna öar och nu med min nya kunskap om Seven Goats och kilskriftstavlans innehåll insåg jag att jag kunde göra en banbrytande insats om ursprunget till många av världens myter, precis som min förebild James George Frazer hade gjort med sitt arbete med "Den gyllen grenen". Jag tänkte dock hålla min egen släkts betydelse i sammanhanget utanför. Det skulle krävas ett gediget arbete att förankra myten om Seven Goats i en vetenskaplig kontext och det skulle säkert ta ett par år innan boken var färdig. Men det kändes som ett bra sätt att sätta mig in i det hela och försöka lägga ett större pussel över det sammanhang jag själv och min släkt ingick.

Jag gjorde också regelbundna besök in i det hemliga biblioteket för att bättre lära känna samlingen. Jag hittade en svart liggare där mina förfäder hade antecknat alla böckerna med titel, översättning, när och var den tryckts eller skapats, en kort sammanfattning om dess betydelse och vem som hade fört in den i biblioteket. Jag häpnade varje gång jag gick in biblioteket och studerad böckerna på hyllorna. Här fanns till exempel en okänd dödahavsrulle, en del antika verk som resten av världen ansåg förlorade, ockulta hemliga skrifter, opublicerade manuskript av några av världens mest kända författare, vetenskapliga avhandlingar där alla exemplar enligt historikerna skulle ha bränts och förstörts av kyrkan, ändå låg originalet här på hyllan. Sedan fanns det också några kuriosa objekt i biblioteket. Jag fastnade snabbt för träasken som benämndes "Berättelserna bok. Enligt liggaren var det min farfars farfars far Hubertus Broman som införskaffade den till biblioteket. När jag enligt instruktionen för första gången provade att vända och vrida på den innan jag öppnade locket kunde jag läsa en underbar berättelse om min fars brorson Robert Broman som uppfann en poesimaskin när han var ung.

En dag i maj när nästan all snö hade smält bort och solen värmde och fåglarna kvittrade kärlekskranka i träden utanför kände jag att det var dags att göra någonting annat och komma bort från huset ett tag och ut i den nyvaknade naturen. Jag tänkte att det kunde vara lämpligt att göra en utflykt bort till Lomtjärna och se platsen där allt hade börjat en gång i tiden. Sagt som gjort så packade jag ihop en ryggsäck med fika och en del saker som kunde vara bra att ha när man ska på äventyr. Det var ungefär en timmes promenad genom skogen bort till Lomtjärna. Det var en härlig vårdag och när jag närmade mig såg jag hur tjärnen blänkte mellan träden. Det var fortfarande vått i markerna och stövlarna sjönk ner när jag närmade mig tjärnen, men utan att vattnet nådde över stövelkanten. Jag gick runt tjärnen och kom till den del där ruinerna av bosättningarna fanns kvar. En raserad skorstensstock och några husgrunder av sten var det enda som fanns kvar från människorna som bodde här från 1600-talet till slutet av 1800-talet.

Jag slog mig ner i solen vid skogskanten och tog upp termosen med kaffe och mina ostmackor och såg ut över den svarta spegelblanka tjärnen. Tjärnen var verkligen svart tänkt jag. Jag kom ihåg att jag hade läst att den en gång i tiden faktiskt hade hetat Svarttjärnen, men när man började rita kartor över området hade den fått namnet Lomtjärna istället. Förra gången jag satt här och fikade då var det vinter och Nils-Johan var med mig. Jag kom att tänka på vad han skräckslaget hade ropat när jag träffade honom i Wien tidigare i år. Undra om det går att hitta hålet där han ramlade ner? Jag försökte minnas hur vi hade åkt i skogen den där ödestigna dagen. Sedan packade jag ihop mina saker och begav mig i riktning mot skogen. Det var länge sedan jag hade varit här och det hade växt en del under åren och allt såg annorlunda ut på vintern med snö som täckte marken. När jag strosade omkring i skogen och letade efter riktmärken snubblade jag i princip över stenhällen där den kända hällristningen fanns. Hällristningen upptäcktes av ett par bärplockare på 1910-talet och bestod av sju älgar, en jägare och ett stort öga.

Jag letade vidare längre in i skogen och började efter ett tag känna igen mig och insåg att hålet borde ligga i närheten. Jag hittade snart klippan och där vid foten fanns mycket riktigt ett hål i marken. Jag gick närmare och lyste med ficklampan ner i mörkret. Hålet sluttade långsamt snett neråt men jag såg ingen botten. Jag beslöt mig för att undersöka saken närmare och tog fram mitt rep som jag band fast i ett träd och började sedan långsamt fira mig nedåt. Det gick bra i början men sen måste jag råkat på ett isigt parti för jag tappade fotfästet och rasade med full kraft ner i hålet och krockade med en sten. Jag måste ha tuppat av en liten stund. För när jag kom till medvetande igen tyckte jag att jag hörde en sjungande melodi i öronen. Den påminde om den som jag hade hört nere i tunnlarna under huset, men det var mer intensiv och påträngande. Det var som om melodin letade sig in i mitt medvetande och jag började urskilja svaga viskningar och framför mina ögon flimrade konstiga färger och dimmiga gestalter. Jag såg ett fladdrande grönt norrsken där otydliga skuggestalter rörde sig.

Jag kände hur skräcken och paniken växte inom mig och jag började förvirrat famla omkring i mörkret efter utgången. Det var då jag kände något mjukt under mina händer och en varm stinkande andedräkt som slog emot mig. Det dova brummande från något som inte kunde vara något annat än en björn väckte mig hastigt ur mitt drömlika tillstånd och panikslaget började hjärtat slå och adrenalinet skjuta i höjden när jag insåg att jag hamnat i ett björnide med en vaken björn. Desperat sökte jag efter repet som jag bundit runt midjan och började klättra upp ur hålet. Jag hörde hur den ilskna björnen kravlade och klöste sig upp längs den hala gången bakom mig. Med andan i halsen lyckades jag ta mig upp ur hålet, skära av repet med kniven och började springa för livet mot tjärnen. Jag hörde hur björnen

131

brakade fram genom snåren bakom mig och insåg att jag omöjligt kunde springa från en björn. Jag tänkte att snart skulle björnens stinkande alkoholdoftande andedräkt hinna fatt mig och han skulle slå omkull mig med sina vassa klor och sedan skulle allt vara över. Alkohollukt? Sup-björnen! Jag minns plötsligt en gammal skröna som jag hört min far berätta när jag var liten, om en björn som fick smak på brännvin som någon hade gömt i en myrstack i skogen för att den skulle ligga och lagras under vintern. Björnen hade tömt flaskan och sedan sökt upp alla hembrännare som gömde sig i skogarna med sina hembränningsapparater och stulit spriten från dem. Det var en vild chansning insåg jag, men plockade ändå fram min fickplunta som jag alltid bar med mig med i innerfickan. Den var väl påfylld med en fin 12-årig maltwhisky, så jag skruvade i farten av locket och kastade pluntan i en vid båge bakom mig. Jag hörde plötsligt hur björnen stannande till och en snabb titt bakåt kunde jag konstatera att björnen satt stilla i skogen och klunkade ur min fickplunta. Jag bara fortsatte att springa och tackade min lyckliga själ för min förkärlek för whiskey. Hela resten av dagen förflöt som i en dimma. Jag kommer inte ihåg hur jag kom hem men jag lyckades på något sätt ta mig till salongen och sjönk utmattad och febrig ner i soffan.

Där låg jag och stirrade på Emil Bymans målning när bilden plötsligt började röra på sig. Jag såg hur det bildades ringar på vattnet och ur tjärnens djup stirrade plötsligt ett stort öga på mig. Älgarna löstes upp och deras färg rann ner i vattnet och försvann. Jag kände mig alldeles yr och törstig och började stapplande ta mig ut mot köket för att dricka ett glas vatten. I korridoren mot köket upptäckte jag att dörren till det hemliga biblioteket var öppen och larmet pep ilsket. Hade jag glöm att stänga dörren? Jag steg in i biblioteket och såg att någon hade flyttat på montern och öppnat luckan ner i underjorden. Det lyste från brunnen. Jag gick närmare och kunde uppfattade ett svagt ljud från djupet. Det var som om någon viskade och lockade på mig. Som i en dröm började jag klättra ner i brunnen. Jag följde tunneln fram till vägvalet. I den avspärrade tunneldelen pulserade ett blekt ljussken från avgrunden. Jag upptäckte att det fanns rep som satt fast i väggen som jag inte hade sett förut och använde det för att långsamt ta mig ner mot avgrunden. Viskningarna blev starkare ju närmare jag kom kanten. När jag nådde branten la jag mig ner på knä och stirrade ner i djupet. Ett svagt pulserade ljus syntes långt därnere. Jag tyckte mig urskilja en vattenyta som långsamt verkade stiga uppåt. Nu såg jag vattnet, men det var inget vatten det var ett jätteöga som stirrade på mig med sin svarta tomma pupill och längs de fluorescerade bergsväggarna såg jag hur hundratals slingrande tentakler letade sig upp längs väggarna mot mig. Jag backade panikslaget och höll på att tappa fotfästet och glida över kanten, men i sista stund fick jag tag i repet och började febrilt dra mig tillbaka mot tunneln. Bakom mig hörde jag ljudet av slingrande slemmiga tentakler som sökte sig fram längs golvet och väggarna. Jag snubblade mig fram genom tunneln och tog mig desperat upp för stegen. Väl uppe slängde jag igen järnluckan och drog åt den så hårt jag kunde. Hjärtat rusade, huvudet bultade och jag kände hur det svartnade framför mina ögon.

Morgonen därpå vaknade jag på soffan i salongen. Jag hade ont i hela kroppen och hög feber. Allt kändes som en obehaglig dröm. Hade de senaste dygnet bara varit en otäck dröm, en feberillusion eller vad hade egentligen inträffat? Jag stapplade ut i korridoren bara för att upptäcka att dörren till det hemliga biblioteket var stängd och när jag öppnade den såg jag att allt stod på sin vanliga plats utan några spår av gårdagens händelse. Allt kändes så overkligt som en dröm. Febern gjorde att jag blev sängliggande i en vecka. Doktorn konstaterade att jag fått lunginflammation förmodligen orsakad av min skogsutflykt. Han ordinerade mycket vila och penicillin.

Jag har inte kunnat glömma den kusliga viskningen jag hörde i min feberdröm. *Te dem, ta dum, ti dim, um sum* eller synen av de slingrande tentaklerna och jätteögat som tomt och svart hade stirrat på mig. Det kändes som om jag hade stirrat rakt in i tomhetens skräck. Det var som om jag hade fått en glimt av det tomrum som i alla skapelsemyter föregår själva skapelsen. Den rädsla som vissa filosofer kallar "horror vacui".

Fotografiet
Det var några veckor efter att jag tillfrisknat från min märkliga feber som jag hittade fotografiet i biblioteket. Fotografiet bestod av en glasplåt, en teknik som var vanlig under 1800-talet. Den sköra plåten hade omsorgsfullt packats in i ett skyddande emballage. När jag höll upp plåten mot ljuset kunde jag se en otydlig bild av ett par människor som stod på rad i skogen och framför dem låg en stor klump. Jag gissade att det kunde vara en jaktbild där männen poserade framför en älg eller en björn som de nyss hade fällt. Glasplåten hade ett

134

nummer: 367. Jag kände igen märkningen som ett nummer som motsvarade en post i den svarta liggaren där mina förfäder hade katalogiserat alla böckerna och andra märkliga ting som de under åren samlat i det hemliga biblioteket.

Jag slog upp liggaren och läste. Foto från 1877 av Kraken. Se Ark. HB 1877:7. HB var förkortningen för min förfader Hubertus Broman, den kända folklivsforskaren, och Ark. åsyftade hans arkiv som fanns samlat i ett arkivskåp av plåt i biblioteket. Jag gick bort till plåtskåpet och drog ut rätt låda och bläddrade bland mapparna tills jag hittade nummer 1877:7. I mappen låg ett prydligt handskrivet papper som jag tog med mig ut till salongen tillsammans med glasplåten. Jag satte mig i soffan och började läsa. Pappret visade sig vara en polisrapport.

Rapport gällande kadaver vid Lomtjärna, den 13 juli 1877.

Morgonen den 12 juli 1877 observerade jägmästare Bo Konradsson under sin inspektion ett stort antal kråkor och korpar som cirkulerade runt trädtopparna uppe vid Lomtjärna. Fåglarnas närvaro tydde på att det fanns ett stort dött djur i närheten. Då tjuvskytte förekommit i området tidigare beslöt jägmästare Konradsson att undersöka saken närmare. När Konradsson närmade sig platsen kände han en fruktansvärd stank och upptäckte sedan på marken ett stort blek rosa kadaver i stark förruttnelse. Då han inte av kadavrets form och tillstånd kunde utesluta att den var mänsklig, täckte han över den med grenar för att skydda den mot fåglar och rovdjur och begav sig därefter skyndsamt till undertecknad för att avlägga rapport.

Undertecknad samlade därefter ihop några pålitliga män för att undersöka saken närmare. Dessa var: Fotograf Sixten Öman, Isak Jonsson, folklivsforskare Hubertus Broman och jägmästare Bo Konradsson samt undertecknad. När vi på eftermiddagen närmade oss område, kunde vi också förnimma den starka stanken från kadavret. Tillsammans avtäckte vi kadavret och stirrade förskräckta på den stora rosa oformliga klumpen framför oss. Med pinnar försökte vi vända kadavret för att undersöka den från olika håll. När vi hade vänt den konstaterade Isak Jonsson att det visserligen var helt otroligt men att kadavret påminde om det som de brukade gräva fram ur magen på kaskelotvalarna de fångade utanför Grönlands kusten. Isak Jonsson berättade att det i havet utanför Grönland lever ett fasansfullt havsmonster som benämns Kraken, en jättebläckfisk som slukar skepp och besättningar. Bara kaskeloten vågar anfalla dessa sjömonster och lyckas ibland slita loss en tentakel som de sväljer och det var precis det som låg framför oss, förklarade Jonsson, en bit av Krakens tentakel.

Jägmästare Konradsson påpekade att vi inte var i närheten av det grönländska havet utan mitt ute i den norrländska skogen och att sådana skepparhistorier inte passade hemma här. Konradsson framförde istället teorin att det kunde vara kadavret av en björn som någon hade flått och som legat och ruttnat till okännlighet i solen. Hubertus Broman påpekade att kadavret i alla fall inte var mänskligt utan kom från någon form

136

av djur, men vilket djur kunde inte med säkerhet fastställas på grund av kadavrets tillstånd.

Fotograf Sixten Öman tog en bild av kadavret innan det grävdes ner i marken. Slutsatsen av undersökningen gör gällande att mänskliga kvarlevor kan uteslutas och att det därför troligen handlar om ett jaktbrott. Under den närmaste tiden anbefalls därför förstärkt inspektion i skogsvårdsområdet och efterfrågningar ska göras i trakten om nyligen införskaffade björnskinn för att spåra tjuvskytten.

Undertecknad
Länsman Hans Näslund

På baksidan hade min förfader Hubertus skrivit några anteckningar. Där stod.

Fotot taget av fotograf Sixten Öman. Från vänster jag, Isak Jonsson, jägmästare Bo Konradsson och länsman Hans Näslund.

Bara några dagar efter den stora jordbävningen hittade vi kadavret av Kraken i skogen. Vad är sambandet? Varifrån kan den ha kommit? Tänker på strofen i Svartboken som lyder:

Gamlefar du var bara ett litet yngel
när du kravlade ur avgrundens brunn
genom underjordens gångar
hittade du till slut ett nytt hem
i svarttjärnens djup
vi tjärnens tjänare

dina ögontjänare
vi stirrar med dig mot skyn
mot sjustjärnan som lyser och lyssnar
och som ska föra oss tillbaka till tomheten.

Eller är allt bara ännu ett skämt av Isak Jonsson, en av hans
många skepparhistorier som den om albinogäddan i älven?
Kan han ha placerat kadavret där?

Jag lyfte upp plåten mot ljuset och försökte urskilja personerna på bilden. Mannen till vänster skulle alltså vara min förfader Hubertus Broman, det var förmodligen den enda bild som fanns av honom. Synd att den var så otydlig och gryning. Om det ända hade varit en digital bild tänkte jag, då kunde jag kanske gjort den tydligare i något dataprogram. Men det måste väl idag finnas företag som kan förbättra gamla bilder? Jag tog genast fram min mobil och började leta på nätet. Jag var glad att jag äntligen hade fått bredband installerat i huset så att jag på ett smidigare sätt kunde sköta mina affärer och leta efter information. Jag hittade ett företag i Paris som var specialiserade på att restaurera och digitalisera gamla fotoplåtar. På deras hemsidan berättade de att de använde sig av artificiell intelligens för att återskapa gamla bilder och kunde skapa mycket detaljrika och skarpa bilder av otydliga kopior. Jag beslutade mig för att genast kontakta dem och nästa dag skickade jag fotoplåten med expresspaket till Paris. Inom en vecka skulle jag få veta om det gick att få en bättre bild.

Det var ungefär en vecka senare som jag fick ett mail från företaget i Paris med en länk där jag kunde ladda ner en högupplöst kopia av fotoplåten. Jag kände mig väldigt nervös när jag öppnade bilden. Framför mig på skärmen var en knivskarp bild av de fyra männen i skogen. Jag zoomade in på mannen till vänster och stod öga med öga med Hubertus Broman. Jag kunde känna igen en del av ansiktsdragen från min far och även mig själv. Näsan och ögonen var typiska bromanska. Jag tittade närmare på de andra männen. Även deras ansiktsdrag var tydliga och detaljrika. Sedan zoomade jag ut och tittade på det som jag hade trott varit en björn eller en älg och som låg framför männen. Det var ingetdera. Kroppen var 2-3 meter lång och rund till formen, den var lika grov som en trädstam, och även om kroppen verkade ihopsjunken av förruttnelse, kände jag igen konturerna av de runda sugskålarna på undersidan som är så typiska hos bläckfiskar. Häpen insåg jag att jag stirrade på bilden av en stor tentakel som låg mitt ute i den norrländska skogen från slutet av 1800-talet. Jag satt och stirrade på bilden när jag plötsligt fastnade med blicken på bergsväggen som fanns bakom min förfader. Jag kände igen den, det var samma bergsvägg där jag för några veckor sedan hade ramlat rakt ner i famnen på supbjörnen och där jag sedan hade hört och sett de märkliga hallucinationerna. Jag mindes åter min dröm om hur jag vandrat omkring nere i underjordens tunnlar och tittat ner i avgrundens mörka brunn och stått öga med öga mot ett urtidsmonster vars tentakler hade slingar sig efter mig. Jag kände hur jag rös till när jag tänkte på jordbävningen 1877 och tentakeln som de fann i skogen borta vid Lomtjärna efteråt. En fasansfull tanke slog mig att grottsystemet under huset kanske före den stora jordbävningen hade varit sammankopplade med grottan borta vid Lomtjärna. Vem vet vilka fasor som hade legat gömda därnere i underjorden och som kanske fortfarande fanns kvar där nere i den mörka avgrunden.